春天送你一首诗

《诗刊》社 主编

长江出版传媒

长江文艺出版社

图书在版编目（CIP）数据

春天送你一首诗 / 《诗刊》社主编. -- 武汉 ：长
江文艺出版社，2024.2（重印）
ISBN 978-7-5702-3343-4

Ⅰ. ①春… Ⅱ. ①诗… Ⅲ. ①诗集－中国－当代
Ⅳ. ①I227

中国国家版本馆 CIP 数据核字(2023)第 186682 号

春天送你一首诗
CHUNTIAN SONGNI YISHOU SHI

责任编辑：胡 璇 石 忆 责任校对：毛季慧
封面设计：祁泽娟 责任印制：邱 莉 王光兴

出版：长江出版传媒 | 长江文艺出版社
地址：武汉市雄楚大街 268 号 邮编：430070
发行：长江文艺出版社
http://www.cjlap.com
印刷：湖北恒泰印务有限公司

开本：880 毫米×1230 毫米 1/32 印张：6.875
版次：2023 年 12 月第 1 版 2024 年 2 月第 2 次印刷
行数：3570 行

定价：49.00 元

前 言

春天永恒，诗意美好

　　春风风人，春雨雨人。有情天地里，千花如锦，万木峥嵘。一年最美好的季节，已经踮着脚尖，越过残存的冰雪，悄然来到我们身边。

　　春天，是一个简单的词语，却蕴含了人世间无数美好的可能。春天的邀请，万物都答应。万物萌动，是"好雨知时节，当春乃发生"；是"夜月一帘幽梦，春风十里柔情"；是"等闲识得东风面，万紫千红总是春"。对此，答应得最响亮的，往往是诗人。唐诗宋词已经留下了这么多有关春天的清词丽句，光是"春"字飞花令都能玩上好半天。

　　春天如此蓬勃万端，让这些新鲜的诗句，陪您走过生命中最美好的时节吧。

　　"春天送你一首诗"是《诗刊》社在 2002 年发起的大型诗歌公益活动。二十余年来风雨兼程，足迹遍天下，通过一场场朗诵会、分享会、春天诗歌周、"开往春天的大巴"巡游等系列活动，把诗歌和春天的讯息传遍千山万水，送入千门万户，为广大诗人和诗歌读者创造与诗意春天同在的美好契机。

　　春天是永恒的话题，春天送你一首诗，请把这首诗揣在心上，念给心爱的人，也念给这美好的时代、这辽阔的世界吧！

目　录

第三辑　万物竞发听雨眠

第四辑　草树知春不久归

第一辑

风展红旗漫如画

祖国啊，我亲爱的祖国

舒　婷

我是你河边上破旧的老水车，

数百年来纺着疲惫的歌；

我是你额上熏黑的矿灯，

照你在历史的隧洞里蜗行摸索；

我是干瘪的稻穗；是失修的路基；

是淤滩上的驳船

把纤绳深深

　　　勒进你的肩膊，

——祖国啊！

我是贫困，

我是悲哀。

我是你祖祖辈辈

　　　痛苦的希望啊，

是"飞天"袖间

千百年来未落到地面的花朵；

——祖国啊！

我是你簇新的理想，

刚从神话的蛛网里挣脱；

我是你雪被下古莲的胚芽；

我是你挂着眼泪的笑涡；

我是新刷出的雪白的起跑线；

是绯红的黎明

　　　正在喷薄；

——祖国啊！

我是你的十亿分之一，

是你九百六十万平方的总和；

你以伤痕累累的乳房

喂养了

迷惘的我、深思的我、沸腾的我；

那就从我的血肉之躯上

去取得

你的富饶、你的荣光、你的自由；

——祖国啊，

我亲爱的祖国！

坐上高铁，去看青春的中国

刘笑伟

1

是的，又到了启程的时刻
第100站，我还在回味
逝去岁月的风景。已经足够辉煌了
那些诞生于真理中的火焰
星星之火，点燃了那片沉睡的土地
多么辽阔啊，像信仰一样
那些金色的信仰，那些燃烧在
枪林弹雨中的牺牲，那些隐藏在
历史褶皱里的，被光阴挖掘出来的
闪亮，让我持续地感动
我无法一一诉说，却值得自己一生珍藏
让信仰之光照亮前行的路
让热血的流淌，给生命带来感动

2

是的，又到了启程的时刻
坐上高铁，去感受沧桑巨变

在时空中穿梭，以飞翔的姿态
岁月深沉，种下的一颗初心
在古老土地上迅速发芽，苗壮成长
眼前的风景已让我认不出
"欢歌已代替了悲叹
笑脸已代替了哭脸
富裕已代替了贫穷
生之快乐已代替了死之悲哀
明媚的花园，已代替了凄凉的荒地"
让我感动的，不仅是那些高楼大厦
还有那些细密的乡愁
不仅是人们的笑脸和富裕的生活
还有绿水青山堆起的金山银山
一路的风景，让人感叹不已
变化太大了，让人认不出
这个百年之前，还在油灯与柴火之下
呻吟和饥饿的中国

3

是的，又到了启程的时刻
坐上高铁，去看充满生机的中国
这宽敞舒适的空间，是中国的
汹涌澎湃的动力，是中国的
复杂灵敏的操控系统，是中国的
高效率的调度与繁忙的节奏，是中国的

我看到天空变得越来越湛蓝

行驶在广袤的大地上，风像早晨一样

清新。小河如蜂蜜在地平线上闪着光

我看到早起的人们，背负着纤细的梦

在田野上，在车间里，在工地上

种植大片的阳光。我看到越来越年轻的声音

在天空中飞翔，带着散着香气的胚芽

正在突破黝黑的泥土

准备点燃光的版图

我看到无数个创意的翅膀

在翻滚的浪花间滑翔

准备登陆梦幻的海岸

4

是的，又到了启程的时刻

坐上高铁，去看青春的中国

这一站，到达的是"科技"站

中国人的梦想，璀璨得让太空升起

多少颗闪亮的星星。梦想的金色大厅里

歌声越来越充满青春的力量

放飞神舟，让年轻的梦一飞冲天

在太空印上大红的中国印

放飞嫦娥，让中国人的神话

在月亮之上，真实上演

还有更多的梦想、更多的希望
比如登上月球，建起空间站
这将是用中国人的科技，一米一米
托举向太空的自豪

这一站，到达的是"脱贫"站
"一个都不能少"，是中国共产党人的
铮铮誓言。在茫茫大山中，种下一粒种子
在茫茫戈壁滩，挖一眼甘泉
8 年时间，近 1 亿人脱贫
这是书写在世界脱贫史上的人间奇迹
东部与西部携起手来
中央单位加入其中，军队加入其中
12.3 万家民营企业加入其中，参与"万企帮万村"……
涓涓细流，汇成奔腾的大河
浪花挽着浪花，向着波澜壮阔的大海进发

5

是的，又到了启程的时刻
七月，把山川溪流都染上金色
光芒四射，光在种子里奔流
光在麦穗里激情行进
光在大地上播撒青铜的旋律
光在旗帜上书写璀璨的荣光

坐上高铁，闪回岁月

从一艘小小红船，成长为巍巍巨轮

100 年光阴，在一个政党的手中

辉煌灿烂

惜墨如金的巨笔，在古老中国尽情挥洒

一个庄严壮丽的国度

一个大气磅礴的国度

一个朝气蓬勃的国度

一个青春不老的国度

在亿万双勤劳的双手中

一代代逐渐打磨成型

绽放出瑰丽的光芒

青春中国啊，山峦在朝阳间

大声地朗诵时光的云朵

草原舒展，雨点的手指

在草尖的琴键上弹奏绿色的交响

南国的椰林、木棉，在热气腾腾的早晨

——苏醒，成为春天史诗的一部分

新疆的棉花，纯洁无瑕，温暖如阳

在大地上燃放七彩的焰火

珍珠般的南海小岛，唱出爆破音

汇入了豪迈雄浑的七月大合唱

七月，镰刀收割着金色的希冀

锤头击打着青铜的天空

群星璀璨，照彻天宇，每一颗星辰
都吟唱出 100 年的青春
100 年的古老，100 年的牺牲
100 年的奋斗。"清澈的爱，只为中国"
你和我，用疾驰在大地上的爱
共同见证，100 年的
盛满光明和激情的盛典

6

是的，又到了启程的时刻
让高铁穿越春风呼啸的中国
穿越浩荡的平原、山川
穿越怀揣梦想的草木、森林
穿越大风中歌唱的鸟群
穿越抒情诗般明亮而多情的炊烟
穿越梦想的心跳，在 14 亿颗激荡的心间
共同蓬勃跳动的金灿灿的希冀
穿过激流险滩，穿过千难万险
凤凰涅槃的中国，青春壮丽的中国
生机勃勃的中国，热泪盈眶的中国
100 年冲刺后，再次出发的中国
前方，那个光辉的站台已逐渐清晰可见
那个站名已被我们的梦想大声朗读：伟大复兴

2020 封面中国：十八洞村的笑容

敕勒川

1

我一下子就被那些笑容吸引住了，深深地
吸引住了，在十八洞村的村委会，在
整整一面的墙上，十八洞村人的笑容
像此刻漫山遍野的花朵
灿烂地开放着

这些被幸福加冕过的笑容
又将被新的梦想照亮

2

在中国，在湖南省，在湘西州，在花垣县，
在双龙镇，在十八洞村
在北纬 28 度到 29 度之间，18 座鬼斧神工般的溶洞相连着，
　　像 18 个苗族兄弟手挽着手，抵抗着贫穷的命运
人均耕地 0.83 亩，年人均纯收入 1668 元

要想吃顿大米饭，除非生病生娃娃……这让

满山的鸟语听起来像是哽咽，让遍地的花香
闻起来像是连绵的愁绪，让奔跑的瀑布
看起来就像是无聊的游戏，让苗家阿妹的歌声
暗含着无尽的忧伤……

没有一种美，是建立在贫困之上的
没有一种笑容，是建立在忧伤之上的
爱，也是这样

3

爱她，就给她甜蜜的生活……当这个
名叫龙先兰的苗族小伙子，在相亲大会上
用 18 个俯卧撑牵手吴满金时，他不知道
他会给她什么样的生活……这个经历了
父亲早死、母亲改嫁、妹妹去世、吃了上顿
没下顿的酒鬼，被扶贫工作队队长龙秀林
带回了家，他们成了没有血缘关系的
亲兄弟……这个没有血缘关系的龙大哥
拿钱让他去学了养蜂，又亲自到吴满金家
去给他做了保证，保证他
会成为一个好丈夫……从最初的 4 个蜂箱开始
5 年过去了，龙先兰和吴满金甜蜜的事业
增加到了 300 多个蜂箱，收入 50 万元……难能可贵的是
他们像当初扶贫队长龙秀林帮助他们一样，尽心尽力地
帮助着十八洞村及周边的其他村民们……他们

甜蜜的爱情，成了十八洞村
一张幸福的名片，他们甜蜜的笑容
回荡在中国的大地上

4

她坐在工作台上，手中的针线
上下舞动，她正在绣的，是一只
即将展翅飞翔的喜鹊……旁边的姐妹们，也一起
忙碌着，这一针一针是孩子的学费，那一针一针
是一日三餐……她们专注的神情
仿佛是在对命运进行一场
神圣的反击

这个曾做过 17 年十八洞村村支书的人，这个
要把苗绣带向全世界的人，这个
要帮助村里妇女们自食其力的人，名叫
石顺莲……她继续飞舞着手中的针线，仿佛一停下
那布上的喜鹊就会飞走，而她脸上
不时流露出的笑容，仿佛她完成的
一朵含苞欲放的牡丹，闪烁着国色
与天香

5

我无法一一说出他们的名字，就像我

无法一一描绘出他们的笑容，但我知道
这是一个人幸福的笑容
这是一个村美丽的笑容
这是一个民族开怀的笑容
这是一个时代自豪的笑容
这是一个国家欣慰的笑容……

当我，一个常怀忧思的诗人，站在他们面前
与他们合影时，我的脸上不由自主地
泛起了由衷的笑容……这笑容，仿佛
是对他们笑容的一个最新的注解，又仿佛
是生活对幸福生活的一个倾心的致敬
哦，多么幸运，我也成了他们中的一员——

这些动人的笑容啊，这 2020 年
最美的封面中国

黄河诗篇

曹宇翔

1

此刻我听见世界屋脊的檐水
滴答，滴答，缓缓滴落千古寂静
一滴水鲜嫩声音传向连绵雪山
又折返，在这湖沼盆地飘荡回声
天空滑翔影子也是水滴溅起的声音
高原旷茫，渺邈云端一只苍鹰

星宿海，烁烁阳光向你汇流
扎曲、约古宗列曲，卡日曲溪水
流过晨曦，仿佛一队队嬉闹的儿童
巴颜喀拉山支脉，各姿各雅山北麓
缓坡如箕，簸扬苍茫与星辰
簸扬，一条壮阔大河最初童声

丛丛簇簇花朵都开了，星宿海
你的点地梅啊，紫云英、报春花
到夜晚大地与天穹浑然一体，乘木筏
划呀，那边灿灿银河是牛郎织女

斑头雁、野牦牛，这时一只藏羚羊
倏忽一闪，跃过远山积雪倒影

河源声息对应我们心跳和血脉
汩汩冒出的细泉，源头发出的嫩芽
中国母亲河，你广被万物的胸襟
发源中华文明，流进崭新时代
凝神啊肃立，在星宿海群星闪耀里
我们向你，伟大的开端致敬

2

浩浩荡荡，流进今日崭新时代
黄河啊，你是谁命运里心灵的家乡
升起红日和暮霞，童谣与民歌
原野五谷，农耕炊烟，风俗节日
长河是弹奏沧桑、声传古今的琴弦
广袤大地，无尽岁月深情回响

那是太阳的船只，月亮船只
载不动，酸甜苦辣的厚重日子
谁能掰开小小一滴水倾听大悲大喜
黄河儿女，最简朴愿望照亮双手
谣曲传唱，歌声起处万物生长
亲人，勤劳的身影布满大地

或硝烟散尽，或咽下悲伤
心头一次次灾难碾过，自强不息
寂静玫瑰曙色里，又是雄鸡一唱
那是怎样的恒定坚韧、生机和伟力
劳动啊，创造、善良、仁慈
大河奔流，永恒精神引导人向上

云霞朵朵绚丽，飞鸟啼鸣
大河扬起的浪花盛开蔚蓝天空
祖传节日，数不清大地吉祥春联
千尾万尾嬉浪的红鲤，黄河涛音里
捧起粮食仰望苍天流下泪水
亲人，丰收锣鼓荡起喜庆涟漪

广大坚强母亲，哺育男儿女儿
爱情和梦想，谁某个清晨去了远方
血脉亲情与生俱在，无言回首
好一阵张望。泽被天地无所不及
东方文明之河，朝气活力之河
那是我们心灵之依，伟大的抚养

3

黄河岸边烽火台是一枚蛋壳
在此孵化出，天地间雄浑与苍茫
这是鄂尔多斯西邻，阿拉善以东

王维吟哦过的长河落日和大漠依旧
孤烟不见踪影。西行客栈景点
观涛亲水，这是沙漠乌海新城

黄河在此流进大漠，穿城而过
看啊，长河穿过了落日，落日圆
红釉霞彩，远天一只灌园水瓮
河边的湿地、草甸、文化旅游盛景
马头琴欢快，琴弦是黄河替身
拉出草原牧歌白云，马群嘶鸣

望着黄河广场休闲歌舞的人们
久久出神，我仿佛听见了整条黄河
塬上腰鼓、高亢秦腔、铿锵豫剧
浪涛的铜锣、粗犷激越山东梆子
一声 5464 公里的长喊，响彻古今
黄河，你变成火焰、舞姿和歌声

而此时长河静静流过大漠落日
流过这新城、沙漠绿洲、葡萄之乡
黄河的风吹拂世间万事万物
天地不歇，无始无终的时光在流转
那是流水的声音，爱抚大地入梦
我们驻足屏息，世界在倾听

4

河道狭窄袖管里，乱石横斜
上游伸出一只黄肤粗壮的臂膀
浊浪之拳捶捣大地，激流飞泻啊
明晃晃巨铲，日夜挖掘霹雳

你读过黄河之源幽静涓滴开头
读过黄河入海口浩渺的结尾
此处应是跌宕章节，流经家国的
大河啊，曾是一道泪痕，一个
饱受欺侮的民族水写的传记

也许你是一名军人的缘故
河岸峭壁"黄河大合唱"红色横幅
是夜把你领进壶口宾馆硝烟之梦
"咳，划哟！咳哟，划哟！"
听呀异邦铁蹄踏过，怒吼四起

在宾馆梦中你看见黄河滩上
蹲着一个背靠耕牛农具的庄稼汉
撩起河流，在磨一把红缨大刀
刀影在月光里晃动、变幻，忽而
航母拖曳的雪白浪花，忽而
最新型战机，闪过的机翼

啊，这是清新明媚的暮春之晨
当你拖着拉杆箱在宾馆门口候车
东边山崖上，红脸膛太阳一声吆喝
杂花路旁出现一车红彤彤苹果

在黄河边，古击壤台依然可见
仿佛《击壤歌》里走出的黄河女子
仿佛手机发出的声音，方言清脆
——"可微信支付，也能快递"

恍若什么都不曾发生，裁出岸上
满树细叶的，依旧是春风牌剪刀
伟大的河流奔腾不息啊，一如两岸
人民，生生不息的热腾腾生活

5

我们和黄昏几乎同时到达
碛口古镇。夕光里黄河排排波浪
大地金光闪闪的岁月搓板
这时正在搓洗秋日天空，红绸夕阳
漉漉旧事，古镇土黄色倒影

沿着石板路高低弯曲幽僻窄巷
仿佛刚刚散去，明清与民国

船筏、当铺、镖局、骡马店、钱庄
喧闹水旱码头，纤夫和商贾
日月浤然流水，沟壑隐约驼铃

拙朴大河说出波涛，浪头抬来
牌匾、磨盘，熙攘前人，林立店铺
一切都在消逝，又像从未离去
戏台水袖戛然停住，唢呐铜质高音
搭在树杈，河心漩涡抱住回声

群星升起。古镇陷入更深阒寂
那些作家诗人、摄影者、美院学生
那些异乡人。我内心闪耀这荒僻
这沧桑，多重折光，对应曾经的
欢笑和疼痛。生活召唤新生

黄河拐弯吱嘎，夜空星大如花
河边古镇的影子并非一堆委地废墟
透过窑洞窗棂，我看见客栈高竿
红灯笼亮着，天地苍茫，一盏暖意
红灯笼像整个古镇聚拢的寂静

6

宽阔河面一闪一闪细碎光影
这是在湫水河，与黄河交汇处

店家热情，酒肆高高露台天地入怀
命中一块干旱，用涛声浇灌
心有一面杏花村酒旗哗哗迎风

黄河夜宴，璀璨星空，放眼
望去，长河两岸浩荡迤逦明亮灯盏
河涌襟抱，大浪耸身接过酒碗
中国故事大书，夹着流水灯影书签
黄河灯火琴弦，一声壮怀古筝

来自各自命运，大地的书写者
生活的刻记者，你们书中人物
也围坐桌边，《天下无贼》的傻根
《驮水的日子》的士兵
一起歌唱美德、淳朴和爱情

最寡言的作家也露出孩童般笑
我从一滴水中听出了千里波涛
你一碗酒浇开了内心万亩丰饶
啊，人生不是一场无尽劳役
啊，山河给我们一生的安慰

想长河两岸该有多少温馨灯火
散落大地的村庄，一座座光明之城
我们的歌声把夜空抬高了三尺
比星辰更值得赞颂与凝望，不朽灯火

饮誉大地，滚滚光辉源自心灵

我们躯体里有黄河无数隐秘支流
在这样的夜晚，生命旷野河畔
内心摇曳的灯火像要说出什么事情
有一盏竟是我故乡村庄儿时的灯
小油灯摇曳，辛劳母亲声声叮咛
黄河啊，我们端出祖传青瓷大碗
一碗苦乐奋斗年华，一碗涛声灯影

7

涛声晃动宽厚背影，天赋之水
永在之水，此时太平洋狂浪起伏
云朵呼扇巨翼，又在苍穹飞行
而这是中原陆地，黄河最后的峡谷
小浪底，彼岸似乎伸手可及
惺忪泥泞，多年前我以为不是河
是一条打着哈欠的荒凉小径

建设者汇集于此，接过祖先
传下的大梦，这是第八梯级枢纽
与洪水与淤积展开了一场壮丽斗争
把浪摞高，把山掏空，土力学
流体力学，群水毕至止于 154 米
巍峨大坝，发电、泄洪、灌溉

黄河给大地带去禾香与光明

笙箫的黄昏，《诗经》的黎明
日出日落我走遍梦中大地，小浪底
像史蒂文斯田纳西州山顶坛子
物质的日出必有光芒，调蓄大水
水库容量，断流期下游供水量
灌溉面积，钢筋混凝土浇筑的允诺
黄河啊，指给我们看远近美景

我抚摸过小浪底开闸的稀世壮美
最后的峡谷，沉雄力量堆积在深处
激流飞天，整个大地都在轰鸣
让我搓动大手如面对一轮蓬勃朝阳
像巨人翻身而起，自此咦啊向东
大浪拍岸，问候，黄河古老歌谣里
平原灶头的瓢，山楂树下的水瓮

8

黄河，把你万丈涛声披在身上
借你四匹好马，四季分明的大地
用船歌中的一瓢清水养活我
把心安顿在东边升起的太阳里

仿佛应答，黎明黄河金色长竿

从大海挑起一个装满光芒的红灯笼
那是一轮红日坐在浪巅上歇息
待一会儿，大步走向人类的天空

啊，入海口竟有黄河源的寂静
无际无涯黄河与蓝色海洋在此相拥
大河交响曲结尾，更雄阔的开始
更壮丽奔流，太平洋回应深远涛声

滔滔长河阐述日新月异的祖国
黄河与海洋交融处，朝阳拱形门楣
春风贴上硕大鲜红"福"字，祝福
拥抱啊，巨浪举起了一轮光明

田畴上的父亲

——写给中国杂交水稻科学家袁隆平

汤养宗

你的奇迹就是让人吃饱每一餐饭
多么宽广又让人小看的心愿
对应的却是"民以食为天"这句高出云端的道理
这句话是你说的："一粒粮食
能够救一个国家，也可以绊倒一个国家。"
这里，大米的含义与针尖的含义
同时指向了一个民族的痛点
谁听到，都感到被刺痛了轻慢的神经
这也说出了一个人心甘情愿的奋斗史：
如何把一粒大米变成十粒大米
为的是让中国人把饭碗端在自己的手里
而且要端着自己种出来的粮食

为此，我更愿意把你看作田畴上的父亲
一个躬身于地头却敢为社稷苍生
真正用心于稻粱谋的人。像那个生养我的农民
艰辛中常常忘记了吃饭和赞叹
而在心中，每一粒大米都头戴王冠都是庄严的
还大声地，将天下粮仓呼唤作万岁山

你与粮食就像土地与庄稼，都是大地
最深情的一部分，你作为父亲又作为
土地之子的手轻轻抚过庄稼
庄稼便接受了神圣的叮嘱，并激情分蘖与抽穗
大地也由此有了传达，为赢得更多的稻香
用自己的戏法，在谷穗上
挂出了让中国一次次多起来的喜悦

如果用一个词可以概括你的一生
那只有两个字：辛苦
从异形稻到杂交稻再到超级稻海水稻
从三系法育种法到两系法再到一系法
你手上的种子一直在变，而你自己
却越来越农民。你的名字已成为土地上
呼唤粮食的符号，你演绎着一个
大与小相搏的关系：饥饿是人类的一座大山
而一粒小小的种子，却可以赶走它

我的把一生交给土地和粮食的老父亲啊
我名满天下与只专注田畴的父亲
你只是一介布衣，却又是天下谷粒的皇帝
有人说，你的杂交水稻技术，是中国
继火药、指南针、造纸术、印刷术后的
第五大发明，我只想说
你既是大米的王者又是田亩间最朴实的父亲
中国得一人赢得了自己的粮仓

人间的每个饭碗背后，都藏有个有名有姓的父亲

中国的碗底上铃着一个名字：袁隆平！

我的中国

杨　克

有人喜酸甜，有人喜麻辣，有人喜原汁原味

八大菜系风靡神州，各不遑让

当周游列国，从巴黎到纽约

在刀叉下受虐一周的胃

所有人的味觉，瞬间全被唤醒

炒煮蒸烹的中餐佳肴就是我的祖国

有人粤语京腔，有人西南官话

吴侬软语与东北大嗓门

少数民族语音更是五花八门

各地方言千差万别，互相不一定能听懂

踏上拼音的国度，横竖撇捺方块字就是我的祖国

机翼划过蔚蓝的天空

补天的女娲是我的祖国

船舷剪开波涛的雪浪

填海的精卫是我的祖国

日升东方，见追日的夸父

禺谷在望，那一片辉煌是我的祖国

月落西窗，有玉兔嫦娥

记忆中那一阵桂花飘香是我的祖国

一个竹叶裹的粽子
抛下去汨罗的万里惊涛
满腹柔肠翻滚的《离骚》是我的祖国
一枚枚月饼向天而拜
岁岁年年的怀乡与思归是我的祖国
万户千家俪采七字之偶，斗艳一句之奇
四海庆安澜万民怀大泽是我的祖国
张灯结彩、点响爆竹、对联红红火火是我的祖国

连年有鱼，花生、枣子、石榴……
连蝙蝠也成了吉祥的图腾
龙、凤、龟、麒麟，兴云致雨
太平盛世，竹、兰、菊和文房四宝福泽心灵
就是独角兽貔貅也能辟邪
喜鹊、鹤、鹿、十二生肖都是我的祖国

惊蛰，候桃花而棠棣而蔷薇
春分，望海棠而梨花而木兰
布谷布谷，种禾割麦
玉秧玉秧，稻花白练
有序多变的二十四节气是我的祖国
苍龙连蜷于左，白虎猛踞于右
朱雀奋翼于前，灵龟圈首于后
五行、八卦、二十八星宿还是我的祖国

攀崇山峻岭，想起头触巨峰的共工
乘飞驰高铁，踩风火轮的哪吒
在最高的神主宰教堂和寺庙的这颗星球
愚公、大禹和张弓搭箭的后羿
不屈服命运的神话就是我的祖国

看见海雕金狮双头鹰的国徽
金黄的谷穗和黑铁的齿轮是我的祖国
我倾倒于维纳斯的断臂蒙娜丽莎的微笑
更迷恋反弹琵琶的飞天聊斋的白狐
在音乐厅听交响乐和花腔女高音
耳边萦绕《茉莉花》和小提琴《梁祝》
在动物园遇见北极熊和袋鼠
憨态和平的熊猫就是我丝绸柔软的祖国

欧洲建筑那石头上的史诗
江南庭院草长莺飞瘦石枯木
关公的忠义黛玉的痴恋
牡丹亭的悲欢西厢记的情色
李白长安一片月杜甫落木萧萧的秋兴
扇面上的书法，宣纸上的写意
哪怕随蓝色多瑙河圆舞曲轻盈曼舞
胸腔里轰鸣的是冼星海的黄河
浪子回头金不换是我的祖国

红山玉猪龙和殷墟的甲骨上
矗立北上广深簇新的高楼大厦
航天潜海，我依旧怀抱颓败的小小村落
银杏树缓慢生长，让人痛苦揪心
两鬓染霜，身体里流动青春五四的热血
念兹在兹我永远梦想的少年中国

蔚 蓝

高鹏程

序诗

很多年了
我在寻找一种蔚蓝
它曾在一小片青花瓷上闪亮
从一艘出水的三桅古船上传来喧响
也在一匹落日铺开的丝绸上映射出它远逝的辉光

你听，它的涛声依然在一个东方大国的胸腔内经久不息
你看，它的波纹已经从一个民族苏醒的记忆里绽放美丽

1

当司晨的鸥鸟衔出东方的第一缕曙光
当浩瀚的大海再次涌动它蓝色的波浪
一种新鲜的血液已经充盈了它的躯体
一支嘹亮的渔歌就要从它躁动的体内喷薄而出

它曾在久远的独木舟上独自吟唱

在一艘三桅古船上辗转飘扬
也在明朝浩荡的船队间反复激荡

这古老的歌谣曾经放牧着一个东方民族对于大海
所有的想象
失血的音符历尽沧桑

2

一根丝线，穿起了欧亚大陆美丽的衣裳
一片茶叶，散发出东方古国神秘的体香
一盏瓷器，衬托了世界各地文明的光辉

那是怎样的一条丝线？它串着瘦小的驼铃和马灯
穿越了瀚海大漠和浩渺汪洋
穿越了五千年漫漫时光

那是怎样的一片东方树叶？像一艘微型的船
穿过了无数风浪的颠簸
打开了世界对于一个古老国度的全部想象

那里，月光溢出堤岸，丝绸滑过青铜
被一片青花瓷托载的国度，散发着茶的芬芳

啊，古老的丝路，神秘的海洋
一条蔚蓝色的道路，连着远方的远方

让我们重返海洋，去寻访丝绸的荣光

让我们重返海洋，去重铸蓝色的辉煌

3

一如当初的大海茹古涵今

这万水之上的建筑和家园

如同一部玄奥的典籍静静地摊开

鱼群、文字、风暴、沉船

屈辱的泪水以及悲怆的誓言

以怎样的方式注入一代代人的蓝色的血管

几千年了，是谁用精卫填海的毅力，把沧海变成桑田

几百年了，是谁用风涛练就的果敢，把入侵者赶出家园

几十年了，是谁用永不屈服的脊梁

在风暴肆虐后的废墟上，一次次站成港湾内钢铁般林立的

　　桅杆

是谁把一种大海赋予的精神

反复淬炼，树起千年不倒的信念

我看见

一双曾被网绳勒破的大手，正在驾驭通往深蓝的舰船

一双抟造过鱼形鼎的大手，正在把一个大国的尊严擦亮

4

一道水中的路途，一条蔚蓝的大道
它在一个古老民族的血管中流淌
它上游的潮音，带着一个农耕民族对于海洋深深的渴意
它下游的波浪，带着全世界人民的呼吸和回响

今天，一个东方大国，再次揿亮了它蓝色的按钮
今天，一艘东方巨轮，再次拉响了它远航的汽笛
它在渤海湾、杭州湾和粤港澳大湾区孕育希望
在漫长的海岸线上点燃梦想

它是天津是青岛是宁波，是一只只集装箱码成的诗行
它是福州是厦门是上海，是一艘艘万吨轮组成的乐章
从连云港到瓜达尔到科伦坡
从吉布提到比雷埃夫斯
一个个港口，就是重新点燃的一盏盏渔火
再次照亮了苍茫的海面

从博鳌亚洲论坛到中阿合作论坛到欧亚经济论坛
从设立亚投行到通关合作一体化
一次次行动，就是投向大海的一朵朵浪花
再次唤醒了蓝色的激情
它在互联网上掀起巨浪，在卫星云图上闪烁光芒
和星辰大海一道正在把世界的未来照亮

5

多少年了
你的蔚蓝依然在我的眼睛里起伏
你的深邃依然在我的思想中埋藏
大海，我听到你深流下涌动的激情与梦想

多少年了
你的波涛依然在我的血管里沸腾
你的博大依然在我的灵魂中激荡
大海，我看见你皮肤后隐藏的铁质的光芒

今天，一道尘封许久的封条终于被掀开
一条蔚蓝的大道，正在持续铺开
蓝色的波浪持续拍打着沿岸的城市和海港

我看见
一片神奇的东方树叶，已经长成巍巍大船
一盏青花瓷器，已经变成更加精美的器皿
托举着东方智慧和现代文明交汇的中国方案
一根蓝色丝带再次把世界紧紧相连

它穿越了不同的水域、不同的文化、不同的宗教
它穿越了不同的肤色、不同的语言、不同的信仰

从吉隆坡到雅加达到科伦坡
从内罗毕到雅典到威尼斯
从太平洋到印度洋
从亚细亚到欧罗巴

我们把问候带到奥德修斯的海岸
把友谊传递到但丁和荷马的故乡

6

夕阳下，古老钟楼依旧搏动着沉稳的心跳
晨曦中，一条蔚蓝的大道正在向远方延伸
一部华彩乐章，即将奏响它最高的音量：
"大道之行也，天下为公"

那是一个东方大党
带领她的人民
在一座蓝色丰碑上雕琢一个民族复兴的希望
那是一个和平崛起的国度
迎着全世界的目光
在一条蓝色大道中放牧人类共同的梦想

祝福你，大海
你是如此古老却又从不老去
祝福你，中国
愿你青春永驻永远生生不息

大地上的乐谱

李木马

今天，一条高铁如青藤蜿蜒向上
今天，一条高铁若长虹插上翅膀
今天，一条高铁成为地图上崭新的红线
今天，一条高铁的乐谱旋律昂扬
今天，京张高铁，如向上奔涌的河流
今天，复兴号时代列车脚步铿锵

那是一道银色闪电穿越燕山走廊
我是一根轨枕，早就懂得了担当
我是一枚道砟，刚刚学会了飞翔
我是一颗螺丝，在劳动中拥有了骨肉
我是一个在桩孔沉潜下去的意象
我是清华园隧道中的"天佑号"盾构机
在大地深处的反向顶推中持续发力
在图纸上的轴线坐标中校正方向

我是杏黄色的无砟轨道铺轨机，一直在奔忙
我是一个随风笛飘升弥漫的意象
此刻，我是站在八达岭长城边的一棵树
顺着道路闪光的脉络回望过往

透过时间与空间，透过春风与薄雪的帷幔
一条老铁路，如历史档案中连缀的旧照片
在百年之前，在曲折踯躅中
跨越一道道关口、险隘和屏障

如今，中国铁路史的百年影集中
一新一旧，两条并行南北的铁路
象征与浓缩民族的百年之路
交织、映射、印证，相互观照与眺望
它们之间，定然存在隐秘的通道
可以抵达彼此内心的无垠远方
我看见两条钢铁的手臂，穿山越水
拥抱这个饱经沧桑的国度，拥抱
这个国度百年坎坷而多情的时光

施工图上的线条是微缩的紫藤吗
一条血管般逶迤的河流啊
由北京向西北蜿蜒而上
这红色，让人想到古长城的烽火
抗战的烈火，工地上红旗飘扬
冬奥会的圣火，映红了不同肤色的脸庞
路基延展，大地的曲谱
梁拱飞架，彩虹的波浪

桥墩，一排排顶天立地的音符
铁汉一般，竖起顶天立地的信念

拱梁，一道道平行于水面的曲谱
含蓄的柔情在水波不兴里安详地荡漾
这力量交叉的图腾
这刚柔相济的意象
汇入浩大版图一阕恢宏乐章

官厅水库的鱼群，刚刚衔走几片霞光
一排排桥墩，亦如等待曙光点燃的火炬
把心中的一座座隧道次第照亮
我是一个敦实而精巧的桥梁支座
站在墩台，这大地的胚芽之上
秋风如水，梳理着心扉
悠然洞开的遐思与向往

向北，顺着铺轨机旗语的指引
仰望中，转体合龙的桥梁啊
将一条大路的筋骨缓缓托举到天上
山体内，声若春雷的爆破
如绽放的精神之花，在山谷间久久回荡
——京张——京张——京张
这是我们劳动的号子啊
这是我们的誓言正在被清晰的远方镀亮

大道阳关

陈 勇

1

在阳关，玛瑙酒杯刚一碰到日头
无数条道路便摇着驼铃卷土而来
历史的乡愁囤积在此，绵亘千年
一只蚕的流涎里横贯着欧亚大陆

我以一支竖笛的节拍，把风尘轻拭
把阳关高昂的石碑举过时光的地平线
从长安、汴梁到顺天府，从唐诗、宋词到永乐大典
所有的盛世都在小夜曲里荡过秋千

所有文明的关牒，都不吝于把干戈化为玉帛
把通天大道和闯海码头收入阳关的布袋里
即使百代之后再度出发，也要见证这复兴之旅
怎样让一个几度强盛的古国，重新伫立在
珠峰之巅

2

月朗之夜，胡马的嘶鸣，把我从一首边塞诗中揪醒
故国的烽烟只剩下凭吊的废墟，玉器堆满了胡床
兵戈鸣镝埋进了沙砾，将军换了朝服
挂满宫灯的城阙上，贵妃的醉意俯视着能见度最好的山河

这妆奁了和平的镜像里，一条摆渡于时光穿梭机的丝绸之路
从阳关的肩头飘过，在大漠雄鹰的瞳孔中留下倒影
你好，请把波斯、暹罗、雅典、罗马的城门打开
让郑和的船队驱驶任意一朵浪花，开遍沿途的岛礁
就像史册里驰行的高铁，一条接近于起飞的蚕
用轻柔的丝巾在大地上轻轻地挽一个结
面包与馅饼、热狗与披萨之间的冷漠或疏离
便在同样的味蕾上迅速和解，万众归一

3

这是在驼峰上汇聚着无限热能的阳关
东来西去的商贾，运载着布匹、丝绢、瓷器
把无数驼印摁进古都的喧嚣和繁华
让饥饿、贫穷与战争在文明的酒幌前打烊

这是被友谊的大道反复印证和签注过的阳关
陌生的面孔正变脸为故人，握手有了温度

一团和气的贸易让秤星懂得了谦让
任何敌视和对立只会令饱胀的欲望两手空空

这是庄严的界碑不再筑起门槛的阳关
美酒、茗茶和咖啡的香味弥散在同一扇窗前
当友好往来不再浅唱于外交辞令，那也不妨
在琳琅的店铺与街衢之间坐落为一种俗套

4

这是大道起于阳关而通于世界的复兴之梦
每一个星座都把漂流瓶写上中国的名字
所有的花都摊开掌心，被正午的阳光所加持
被敏锐的时尚追逐的旗袍，可以将 T 台直译为丝绸之路
我在昼与夜的切换中对视着这个世纪之梦
我在一粒细胞的渺小中推算着伟大之大
如同阳关以石碑为准星，校正四通八达的大道
如同一匹丝绸，足以调动任意一条陆路或海路的神经

世界，我来了！带着历朝历代出土的名片
一面是驼铃摇曳、轻纱遮面，一面是渔歌唱晚、绿岛浮浅
大道阳关之上，筑梦的中国正破空归来
千年丝路醒转的一刻，正是花枝春满、天心月圆

北京梦

—— 兼致快递员宋学文

王二冬

在梦中，你仍继续奔跑
像一匹马，城市与原野，被你腾跃
若身体下坠，你会变成一个快件
轻飘飘起飞。每一扇窗、每一条街巷
都为你打开，你就是这座超大城市的白鸽
永远打头阵的白鸽，为每一份等待
衔来希望，"哦，等待和希望——
人类的一切智慧都包含在里面"

哦，等待和希望，拼搏和梦想
快递员宋学文和北京
三条平行线，互相遥望又延伸
三十万个快件已成为中关村上空的星星
你用十年青春，陪伴这座造梦之城
你的每一次妥投，都是在祝愿
时光也可以将一批又一批创业者妥投到彼岸

你的见证，更是被见证
北京，也时刻在观察着你——

大件在上、小件在下、紧急的放中间
IT刘的靠里、老师张的朝外
出租王和护士孙今晚要值班，放门口柜子
赵奶奶的面粉和大米，天亮要先送过去……
送快递，被你送成了一门学问
生活的琐碎，被你送成了一道可解的逻辑题

你是否会在疲倦时仰望天空
片刻休息中，想起庆祝建党百年那一天
你走过天安门，在历史的辉耀下
你以快递小哥的角色代表着新时代和未来
在世界的瞩目中，你以优秀共产党员的身份
传递着北京之梦和中国速度

此刻的你，正站在云顶滑雪公园
远眺五棵松和国家体育馆
你的跑道在三个场馆之间，没有观众的地方
你心中的信仰和走过的三十六万公里快递之路
就是裁判，你夜以继日操练
只为赛事开启时，精准送达每一件装备包
只为每一位运动员轻松上阵
在冬奥会的中国舞台上展示最好的风采

其实，你的梦也是北京的梦
你们始终交织在一起
奋斗是我们共同的底色，大道无边

每一个人都在用自己的方式描绘生活的五彩斑斓

而今天，你与时代，互相成全

祖国奏鸣曲

唐 力

1

当鸟儿在风中写下，飞翔的篇章
当朝阳在水面抬起头颅
它的光华铺陈整个水面，城市和乡镇
笼罩在巨大而灿烂的梦幻之中
金色、蓝色交错，波光、阳光交织
一幅幻美的图画呈现——
此时，桨声欸乃，汽笛长鸣，一座座城市醒来
——长江中的轮船，街道上的汽车
像巨大的鱼群
在如丝、如绸、如水的阳光中
驶向辽阔的梦想

他们：无数的人们在奔走
如同在光线上的奔走
他们挺起的脊梁
是大舜的脊梁，是大禹的脊梁
他们的背上，每一滴闪耀的汗珠
都在孕育一颗新生的太阳

——每一滴汗珠里，都有一个小小的
梦想，最终连同古老的梦想
一起汇入中国十四亿人巨大的梦想中

祖国，在新时代的晨光中醒来
张起巨大的船帆
鼓荡风的意志
在波浪中打开波浪，在波光中扬起梦想之帆
在道路中开拓道路，在阳光中举起希望之旗
向着大海出发，向着未来出发
迎着阳光，破浪前行

2

当鸟儿发出炫美的鸣叫，它们醒来了
在灿烂的阳光里、在缓缓展开的波浪里
醒来了：街道、工厂、车间、楼群
醒来了：阳光、霞光、波光
仿佛全都从一张洁白的宣纸中醒来
开启一场全新的梦想

在鸟儿飞翔的翅膀里，他们醒来了
在北京的时间里
在时针、分针、秒针的嘀嗒里
醒来了：那纺织的人，正在纺织天上的白云
醒来了：那剪裁的人，正在剪裁大地的霞光

醒来了：那敲打轴承的人，正在让时间开始
醒来了：那摇桨的人、那开车的人
缓缓驶出一幅古老的水墨画……
醒来了，他们醒来了，新时代的巨手
在他们的血脉中笔走龙蛇

长风浩荡，吹拂着黎明的衣衫
也吹拂着喷薄的激情
长风浩荡，吹拂着大地的辽阔
也吹拂着内心的辽阔

3

将一滴细小的雨水打开，就是水墨的中国
将一缕细微的春风打开，就是纸本的中国

每一次书写都是新的，从城市到乡村
从工厂到田间，从街道到阡陌
从粼粼碧波到淡淡茶香
从泥土的醇厚到网络的沸腾，都是新的
从缓慢行走的牛羊到飞驰的高铁，都是新的
每一片翻腾的波浪，都是新的
树上的鸟鸣，河中的雾气
草尖上的渴望
楼群上阳光的闪耀，都是新的

每一次，电子芯片里悄悄流动的电流
每一次，纺织机上的丝线，都是新的
每一次聆听，都是新的
每一次思考，都是新的
每一天，身体中充盈的朝霞都是新的
每一天，渡口凌晨的寂静都是新的

每一次书写都是新的，在新的征程
以新时代磅礴的笔意
书写崭新的华章
豪情婉转于胸际，梦想绕飞于笔端
新的时代凝聚新的梦想，指引每一个人
让我们，都成为"追梦人"
用全部的热情，赋予土地全新的荣光

4

我们在街道上行走，是一粒粒汉字
书写在"中国梦"的尺牍上
在每一行列之间
我看到的每一个人，都是我的亲人——
山岳巍巍，铸就了我们的厚重
大水汤汤，织就了我们的沉静

我们每一个人，都是祖国的一部分：
一个音符、一片波浪

一丝光线、一片泥土、一缕茶香——
我们每一个人，又都是一个完整的祖国

渡口、船舶、楼群、工厂、田地
在身体中矗立或展开
水流、人流、车流、物流
汇聚在心灵的洼地，在光芒的照耀下
熠熠生辉，交织成新时代崭新的梦想——

高山哨所

丁小炜

山脊上一个凸起的点
一个半地下工事
高山深沉，这里的人语狗吠
以及门前延伸的脚印
时常掀起微澜

每天争着出去背水
硕大的塑料桶，盛得下离家的苍茫
班长规定，每夜睡前烫脚
让脚力的付出反哺脚板
温暖的睡袋里会荡起水的涟漪

推开门，一伸手就摸到了蓝天
在这空阔的记事板上
写下每一次出勤记录
再过两天，上尉连长要来巡视
上尉好厨艺，总是欢快地抢起铁锅
颠走大家笨手笨脚的尴尬

日子一久，没有雪粒打在脸上

便觉得世界空空如也
巡逻时记得捡几块小巧的砾石
耳朵要记得存贮那些好听的鸟鸣
把它们和风声一起裹进大衣

顽皮的松鼠咬坏了通信光缆
义务的蓝军选手，设置了特情
班长一声令下，全体出动
在夜幕下提灯抢修
山路上，三个兵和一条狗的影子
绘成了这一夜不语的风景

我相信，太阳正确的方向

吕　游

你看没看到，一驾马车在田野飞奔
像急匆匆的春风，像烈焰烧过地球的东村
你看没看到，一条路重新被开拓
像黎明升起的阳光，欧亚大陆新芽簇新

放眼世界，谁能有济世救人的气魄
把心掏给普天下，这里只有地球的水晶球
一条红飘带系住的，是人类共同的命运
古丝绸之路复活的脚步，从来不分白人或黑人

我相信，一个政党可以被比喻成太阳
当他的气魄足以超出国与国之间的界限
他的光芒足以照亮世界每个角落
我相信，像太阳的党从东方冉冉升起
那是巨轮上的船舵，只有东方巨轮
才能高扬和平的旗帜，站立成时代巨人

这是有着几千年文明的国度，像
济世的神明，把一腔热血化作无尽的光明
明亮地照耀人间，却从不自以为是

压弯身子，像原野上的稻谷谦虚谨慎

懂得回头，懂得在黎明的东方
回头看看大海的脚步，有没有背离了海岸线
懂得纠正，懂得从人民肩头起锚
回头看看巨轮的方向，是不是偏离了航程
顺民意行驶的航道，不会遇到暗礁
沿民心跳动的心，一定是一颗真心

谁给的一百年梦想
一百年，我们有足够的活力摇橹奋楫
谁给的一百年建国大业
一百年，不忘红色泥土里的忠贞英魂
谁给的理想，我们正在通往理想的康庄大道
五星出东方，我们坚定光明的信念
谁给的梦想，我们正在实现梦想的征途
国旗迎风飘，不负新世纪光阴

日出东方，阴霾和黑夜同时退却
三山五岳高高昂起健硕的胸襟
日出东方，月光和星光微笑着闪烁
他们用欣慰的眼光编织着霞光和祥云
我们相信，太阳的方向是正确的
他将带着新世纪的文明走向更远的天际
我们相信，飞马再次启程
东方前程似锦，蹄印化作灿烂黄金

跟着太阳走，葵花朵朵
让雀舌般的果实更加饱满
在民众的口碑传颂这个伟大的时代
跟着太阳走，黄昏永远是身后事，像发黄的
史书，看星星般的文字闪烁古今

霞浦：土生土长的女儿

叶玉琳

那么多诗人从远方奔赴而来
写诗赞美你
我写不出更好的
只能去看看你的大海
流水的漩涡越来越大
我有越来越渺小的羞愧

我是你土生土长的女儿
是你的小渔船匍匐向前时
惊喜诞下的小浪花
那些日子，天空中总是挂满彩云
有时如晕开的水墨
有时又像刚长出的嫩芽
默默与我温柔对视
你用月光和涛声滋养我
用如山的鲸骨做成摇椅
有时一个大浪打上来
正是这未曾洞见的美
让我深深醒悟
世界何其阔大与坦荡

将我紧紧包容

是的，我何其有幸
生长在闽东千年首府
谜一般的天光水色
允许我和大海互为玩伴
去穿越台风的风暴眼
也穿过海蚀岛的褐色拱门
白色的海鸟在海面翔集低飞
它们会最终确认
我与这片海洋的关系
与这个世界的关系

第二辑

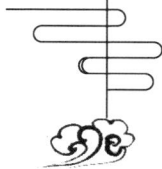

春风识面春来信

又一个春天

吉狄马加

一个春天又不经意间到来
像风把消息告知了所有的动物
它在原野的那边
伸出碎叶般发亮的手
掀开了河滩上睡眠的卵石
在昨天的季节的梦痕中
它们抑或是在重复一个伎俩
死亡过的小草和刚诞生的昆虫
或许能演绎生命的过程
但那穹顶的天王星却依然如故
转瞬即逝的生灵即便有纵目
也无法用一生的时光
来察觉它改变过自己的位置
布谷的叫声婉转明亮
声调充满了流动的光影
红色锦鸡往返于潮湿的灌丛
它们是命运无常的幸存者
太阳下被春天召唤的族人
向大地挥手致敬
渴望受孕的沃野再次生机勃勃

这是一个生命的春天
当然也是所有生命的春天
你的到来就是轮回的胜利
但是，我的春天
当你悄然来临的时候
尤其是轻抚我的眼睑和嘴唇
尽管我还是心生感动
可我的躯体里却填空了石头
那时候，我的沉默只属于我
当我意识到唯有死亡
才能孕育这焕然一新的季节
那一刻，不为自己只为生命
我的双眼含满泪水……

春之赋

叶延滨

从一个绿芽开始努力
然后所有的花蕾学会绽放
绽放花朵在春天孕育秋天的果实

从一只归燕筑巢开始
让所有的绿叶也招纳新租客
枝叶间有鸟鸣还会有松鼠和猴群

从一滴春雨朦胧开始
让风也妖娆雷声威武闪电起
天地间风云涌动山与水皆是情种

从一壶酒向苍天举着
沏一杯新茶让自己独自品味
新茶老酒春之友喜看万物竞自由

春之声

欧阳江河

从灰暗的外套翻出红色毛衣领子，
高高地挽起裤脚，赤足蹚过小河，
喉咙感到融雪的强烈刺痛，
春天的汩汩水泡冒出大地。
早晨翻身来，阳光灼烧的脊背
像一面斜坡朝午后的低洼处泛起。
春天的有力曲线削弱了
蜷伏在人体里的慵懒黑猫。
梦中到来的大海，我紧紧压住的胸口
在经历了冬眠和干旱之后，又将经历
爱情的滚滚洪水和一束玫瑰。
我的头上野蜂飞舞。
从前是这样：当我动身去远方，
春天的闷罐车已经没有座位。
春天的黑色汽笛涌上指尖，
我放下了捂住耳朵的双手。
现在依旧是这样：春天的四轮马车
在天空中奔驰，我步行回到故乡。
春天的热线电话响成一片。
要是听不到老虎，就只好去听蟋蟀。

开花（节选）

西 川

你若要开花就按照我的节奏来
一秒钟闭眼两秒钟呼吸三秒钟静默然后开出来

开花就是解放开花就是革命
一个宇宙的诞生不始于一次爆炸而始于一次花开

你若快乐就在清晨开呀开出隐着血管的花朵

你若忧愁就开放于傍晚因为落日鼓励放松和走神

或者就在忧愁里开放苦中作乐
就在沮丧和恐惧和胆怯里开放见缝插针

心有余悸时逆势开放你就释放出了你对另一个你的狂想

而假如你已开过花且不止一朵
你就退回青涩重新开放按照我的节奏来

我以滴水的节奏为节奏
因为水滴碰水滴这是江河的源头

再过分一点儿再过分一点儿水滴和水滴就能碰出汪洋大海

你得相信大海有一颗蓝色的心脏那庞大的花朵啊伟大的花朵

…………

但你若愿意你就探出五十瓣五十万瓣这就叫盛开

你就傻傻地开呀
你就大大咧咧地开呀开出你的奇迹来

整个春天……

于　坚

整个春天我都等待着他们来叫我

我想他们会来叫我

整个春天我惴惴不安

谛听着屋外的动静

我听见风走动的声音

我听见花蕾打开的声音

一有异样的响动

我就跳起来打开房门

站在门口久久张望

我想他们会来叫我

母亲觉察我心绪不宁

温柔地望着我

我无法告诉她一些什么

只好接她递我的药片

我想他们来叫我

这是春天这是晴朗的日子

鸟群衔着天空在窗外涌过

我想他们会来叫我

直到鸟们已经从树上离去

应该对春天有所表示

李少君

倾听过春雷运动的人，都会记忆顽固
深信春天已经自天外抵达

我暗下决心，不再沉迷于暖气催眠的昏睡里
应该勒马悬崖，对春天有所表示了

即使一切都还在争夺之中，冬寒仍不甘退却
即使还需要一轮皓月，才能拨开沉沉夜雾

应该向大地发射一只只燕子的令箭
应该向天空吹奏起高亢嘹亮的笛音

这样，才会突破封锁，浮现明媚的春光
让一缕一缕的云彩，铺展到整个世界

春 天

娜 夜

被蜜蜂的小翅膀扇得更远
我喜欢它的歌唱
赞美中隐含祈祷

露珠抖动了一下
第一只蝴蝶飞出来
它替桃花喜欢自己

飞过冬天的鸟
站在光斑上
它干了的羽毛里
身体还是湿的呢

我凝望的那片黄叶
从春天的和声中脱离出来
它在低处向上祝福

春　天

龚学敏

在藏历中怀春的河，小巧，声音好听，
在我熟悉的地方，秘不示人。

鸟把羽毛插在水透明的枝上，
颂经的水开始朝上生长。

寨子在树丛中越来越小，壁上的莲花，
像是被风渐渐吹大的那句犬吠。

村民把梅花鹿的面具戴在女人涉过的河。
漂在河面说话的珊瑚，和来自吐蕃的时间，
正在抚摸插页中射过的箭，与月光
陈年的怀孕声。

迎春花坐在最后一枚雪花的门槛上读书，
枝头厮守着高处的水。
藏语引领女人们的合唱，阳光是歌声
疾走在大地上的影子。
枝头们的水在天空写字，
炊烟是开始怀春的鱼。

春风一度，青稞的种子在背水的路上摇晃，
所有的路开始婀娜。
春风二度，我在一夜之间的河中素食，
给你们描绘无尽的树、草，或者爱情。
三度之后，河水丰沛，
我用周身的风韵，绽放花儿朵朵。

春天是我用诗歌熟悉过的村寨，那声犬吠，
还有背水时和我说话的女人，已经来了。

花朵们沿着我指引的河谷，可以开到天上。
可是，被春风招惹过的我，
已经比水还老了。

春天来了

海 男

我又活过了冬天，这些低矮栅栏下我的
小羊羔们奔出栅栏了。我的诗篇啊
就像一匹印花布装饰了染柜下面无垠之白
那些用弓箭手速度换取了我信笺的云
总在我胸前起伏跌宕。最艰难的决定
过去了：在乌云密布的时空召唤中
我穿过的旧衣服将剥离而去，量体裁衣后
三天我将穿上新装。春天来了
我给你从天空翅膀上捎来了蚕豆和青椒
我给了你这一年将开始的新栅栏
我小小的院落，山茶花绽开
我将活下去的一山一水像一本书翻开

有了序号，将编织出新密码
春天来了，为燃烧的烈焰我准备好了舞步

冬小麦

王　山

寂静的雪覆盖

无数细小的种子随之消失

所有的　都消失

并非有意的耐心与等待

一切　不得不顺从于天气

漫长的冬季　不可阻挡地来临

雪夜如此威严

寒冷　闪闪发亮

有形和无形都已冻僵

直到那个时刻

当种子终于死去的时候

有风吹来　不由得你

唤醒你　抚摸你　滋润你

以春的名义　强迫你

启动生命的轮回　盛宴

又见桃花

梁　平

龙泉山第三十朵桃花，

揭秘她的三生三世，

那条久远的驿路踏响的马蹄，

把春天的桃红带走，

那些黑皮肤、白皮肤、棕色皮肤的脸上，

都有了一抹腮红。

我在树下等候那年的承诺，

等候了三十年，

从略施粉黛到风姿绰约，

只有一首诗的距离。

又见桃花，起句如文火，

煲连绵的春夏秋冬，

所有的季节都含了颗蜜桃，

花瓣雨纷纷扬扬，

一滴就可以泛滥。

初　春

梁尔源

那年的风
又轻捋着枝条
寂静的倒影
被温柔地鞭打

桃花正在吊嗓
杜鹃开屏
芳香追逐着芳香
身影飘在雾中

一只蝴蝶
从一朵花
飞向另一朵花
没留一丝表情

我仍在草尖上蛰伏
等待春天
递给一个眼神

望山入梦

张新泉

从山景房看对面的大山
一派平庸且毫无生气
没有一处可供敬畏的陡峭
也无一声华丽的鸟啼

高与天齐的山顶上，站着
一长排整整齐齐的树
高矮一致，而且保持着
相等的距离
清爽，精神，全都在十八九岁
站得那么高，那么整齐划一
是在警戒？不见枪支
是去远游？不见行李……

看久了，这长长的一排树
便动了起来
动成了一列行进的人
一列执著又神秘的人
从我入住的白天到午夜
这支队伍始终走得整齐有序

其间，与月亮并行时
他们是否有过耳语？
路过天堂的大门
可曾有过犹豫？

这是甲午马年的立春之日
我从宾馆的窗口，径直走入这支队伍
守口如瓶，绝不问
会走多久，要去哪里。

立 春

田 禾

落了一个冬季的雪停了
但山顶的残雪，还没融完
早晨的水田里结着一层薄冰
天还透着些微的寒冷

我的奶奶起得很早
她去菜园里摘菜，因为有雾
盘山路像短了一截
远处只有一片混沌的天空

中午，气温陡然攀升了几度
阳光软和而温暖
一只鸟飞着，从冰冷的
喉咙里，喊出滚烫的声音
召唤着新春的到来

季节由冷转暖，万物复苏
林子的草木在悄悄萌动
去年栽下的玉兰树
眼看就要爆出新芽

父亲去给油菜追肥、排水
他进门出门
把劳动总是随身带着
门角的那张锄头
始终挂不到墙上去

立 春

荣　荣

我已是春天里的人了，
如此轻易地，更像是坠入一个梦境。
我张开的双臂上，已有绿叶招展，
向近处的事物，向你。
我就要笑出花朵来，就要
笑出蜜蜂来，受到感染，
人们脸上不断开出花朵，
春天会将这一切送得很远很远，
送到最后一个脱棉衣的男孩手里。
那时冬天是树根上残留的雪，
在下一阵光照里就要消失。
呵春天，我感觉我是簇新的，
比你的露水鲜，比新娘还新，
而你静静地环抱着我，
像一个最出色的护花人。

故乡、菜花地、树丛和我想说的第一句话

林　莽

是春天，是鹅黄的一片，开在水边和返青的冬麦田旁
村口的树丛仍光裸着
春把希望和一丝过去的忧伤同写在二月

一片鹅黄的菜花地，在南风中，颜色是透明的，轻快的，轻
　快地摇荡
像我小女儿的心
而父辈们在土地那边留下了走得河道般低洼的路（多雨的季
　节可怎么行走）
在阳光和泛起的泥土气息中
候鸟们在筑巢的季节里做它们最后的选择
飞过水面、掠过鹅黄的菜花地
终于栖落在那片褐色的树丛中

绕过那些树干你在想什么
在久别的故乡
在那片茫茫若失的薄雾的后面
我又听到了犬吠和村子里清晨的喧闹
那片鹅黄的菜花地已开放了许多年
生命之火有时候燃烧得很平静

开春了

车延高

开春了，有桃花给故乡打扮
蜜蜂都喜洋洋的

开春了，眼睛有约
梨花开过了槐花开，油菜花开过了杜鹃花开

开春了，风回村里走亲戚
水塘边，柳树给日头描着眉
牛和一根草，说着张家长李家短

开春了，庄周还在自己的梦里做梦
一群叛逃的蝴蝶迷失在不认识梁兄的婺源

开春了，有妊娠反应的土地没有呕吐
田野里，谁制造了浓浓的花香

开春了，一只燕子在梁上筑巢。
出了门
我在路上走，它在天上飞

开春了，芦苇把水面打扫干净
芙蓉抬头，替天开花

蜜　蜂

刘立云

我相信春天这架机器的轰鸣
就是由它们发动的
这时阳光灿烂，春暖花开
蜜蜂们凭借一副翅膀，一根生命的探针
在测量着甜蜜的深度

这都是些辛勤的采集者和搬运者
队列整肃而纪律严明
从事坚韧的事业
当它们飞翔，是一支春天的圆舞曲
在蓝天和花丛中飞翔
当它们层层叠叠，进进出出
开始用蜜汁建造房屋
是一个将军统率着他的一支军队
在挖掘，在筑垒
在防御着一场战争和灾难

我甚至看见了蜜蜂的死亡
看见了它们在生命的最后一刻
呕吐，掏尽胃里的黄金

然后它们便选择在阳光中
坠落，在花朵中坠落
用小小的身体，掩藏起春天的
最后一道伤口

因此我看见的蜜蜂不再是蜜蜂
如同庄子看见的蝴蝶
不再是蝴蝶

丁　香

李　琦

五月，哈尔滨丁香满城开放
浓郁的芳香，可以称之为奢侈
整座城市，呈现一种晕眩的状态
好像迷人的事情就要发生

北国之春，来之不易
漫长的冬日，集聚了三个省的寒冷
雪压枝头，树木掉尽了叶子
它们紧缩身体，咬牙切齿等待着春光

良辰美景，丁香开始不管不顾
要千金散尽，要今朝有酒今朝醉
淡紫色的花瓣，是最小的酒杯
它要自斟自饮，它要痛快淋漓
天空，大地，奔腾不息的江水
来，看我的，看丁香的手笔！

花香里包裹一层淡淡的苦
像药材的味道，像雪花的凉
有阅历的人，会有一种心领神会

那是寒冷与伤痛蓄积之后的释放
看上去是热烈，是缤纷和喜悦
其实是大难过后，最隆重的致谢
是再生，是宣告，是脱胎换骨

春 天

雷平阳

山顶斜坡上挥锄的那个人
别人以为他在向着天空空挖
或挖山顶上的白骨
——他是在石缝中种土豆
挖累了，喘口气，喝口凉水，又
接着挖。家里背来的土豆种子
堆在松树下，有一部分，已经从肉里
自主地长出了壮芽。就像一只只猫
正从种子内部往外爬，刚好露出头来

春天的麦地

大　解

世界向两边分开，我是中间的部分。
我的左边是幼小的女儿，
我的右边，不必再有什么了。

道路卷曲可以绕回往日，
而展开的麦地，正在驱赶天空。

多么开阔啊，华北平原，
足够我奔跑半辈子，那剩下的
留给别人。

我的左边是幼小的女儿，
我的右边，不必再有什么了，
除非山脉一跃而起。

那又如何？
万物向我聚拢，也不过是
把我围在核心。

菜花谣

李元胜

成千上万的梯子，从我们渺小的自我中
抽了出来，在蓝天下越升越高

一年一度的攀登，每一步都是荆棘
每一步都危险，而且无法回头

陡峭的坡度，语言中的歧途
几乎无法驾驭的本能

而数以亿计的铜钟，摇摇晃晃
由我们背负，要挂到毕生所能企及的地方

一年一度的轮回，这永恒的潮汐
盛大而又茫然的金黄

一年一度的枯荣，生命金蝉脱壳，死而后生
我们的爱微不足道，恨也如此

像一个不断传递的谜
像一个不断翻滚的虚构之物

云贵高原上，数以亿计的铜钟如期轰鸣

万物依旧沉默如初

百灵子在歌唱

阁　安

百灵子在歌唱
百灵子　其实一直在歌唱

当我们在昏暗中俯首沉思
蓦然间　前方的草坪上
百灵子正独自漫步
她大大方方地迎面走来
对着我们微笑　百灵子
牙齿饱满　比珍珠还晶亮

百灵子在歌唱
百灵子　其实有时候她在远方
在天光和云影里
在花瓣和青草的汁液里
歌唱

百灵子其实就在我们中间

在我们激起轻浮之物的地方
她傲慢而美丽的面孔高高在上

所经之地　　事物一律领受着光
香气汹涌如潮
鸟兽屏声敛息

百灵子　　我红口白牙的姐姐
她背对红尘歌唱
她在红尘之中歌唱

她用她歌唱的爪子
紧攥着我　　下沉的心
和下沉的世界

百灵子在歌唱

早 春

陈先发

风在空房子的墙上找到一株
未完成的牡丹
并
久久吹拂着她

有一个母亲
轻手轻脚地烧早餐
窗外
雨点稀疏
荷花仍在枯荷中

春 中

杜 涯

流变中有沉定不移的守常
年年此时，风沿着新萌的道路吹来
草木的纯洁信心也被容许返还

南边的河堤上，柳树林带摇动，它们
绰约的、缥缈的、清扬的身影在风中飘摇
冷冷空气也在清凉的枝杈间游动

而在它们的摇动之上，是几千里的蔚蓝
日升又日落，四季、星空、黎明的转动里
是谁给了这恒常的诺言（如天空的终古不变）

在辽阔的蔚蓝之下，人世之春又一次汇聚
城中桃李盛放，城外碧草初生、蔓延
路边，紫叶李和杜梨在信赖中更替了芳华

城市的十字路口，车水马龙，人声喧腾
春天中，万物都有一种向上的力量
万物之心的意志是向荣、生辉，是昂扬

我站立在春天之中，听见一种声音于风中回荡：
"这里的人、树、花草、牲畜，一切事物都会逝去，
但毋庸置疑，它们中的一些还会再来。"

而身边，风吹过的林中，一声鸟鸣正清亮地响起
悠远、空灵，像春之声，像宽广的白昼
飘扬在人世的赞同之上、相信之上

如何在诗中吹响一支柳笛

张执浩

东湖的垂柳全绿了
细嫩的柳枝在风中摇来摆去
我过去看我的倒影
如何被湖水澄清——
那是一个少年踮起脚尖
使劲折断一根柳条
那是一把小刀轻轻
划开树皮，褪下树皮
我过去拿着一截翠绿的管子
对着空蒙的湖面
心无旁骛地吹——
我看见他鼓起的腮帮
当他使劲吹的时候
周围的人都屏住了呼吸
当他轻轻吹的时候
附近的鸟儿都应和了起来
柳枝摇摆，风轻云淡
我有过这样的过去就像
今天是此生多出来的一日

雨中，燕子飞

沈　苇

燕子在雨中飞
因为旧巢需要修缮
天才建筑师备好了稻草和新泥
燕子在雨中箭一般飞
淋湿的、微颤的飞矢
迅疾冲向时间迷蒙的前方
燕子在雨中成双成对飞
贴着运河，逆着水面
这千古的流逝和苍茫
燕子领着它的孩子在雨中飞
这壮丽时刻不是一道风景
而是词、意象和征兆本身
燕子在雨中人的世界之外飞
轻易取消我的言辞
我一天的自悲和自喜
燕子在雨中旁若无物地飞
它替我的心，在飞
替我的心抓住凝神的时刻
燕子在雨中闪电一样飞
飞船一样飞，然后消失了

驶入它明亮、广袤的太空
我用无言的、不去惊扰的赞美
与它缔结合约和同盟

原　因

何向阳

那只扇着羽翅的小鸟
还要往哪里飞呢
那个浣水女为打捞什么
已把陶罐举起了多少回呢

麦花落了　荷花败了
稻花后面还有雪花开呢
弦子断了　嗓子哑了
排箫后面还有唢呐响呢

那株去年荒芜了的草
为什么今年一定要绿呢
那棵一直叫不出名的枯树
春天是不是也要坚持发芽呢

那些狂吹胸口的风
是不是还要执拗地找到
星空下独坐的那人
星空下独坐的人
为什么一定要等

风带给他的早已忘掉的
曾经允诺的音讯

那支儿时唱过的歌
为什么会由你唱出来呢
为什么那么多人听这首歌
流泪的偏偏是我

那些扇着翅膀的鸟
为什么总是拒绝栖息呢
那些汤汤前行的流水
为什么总是头都不回呢

爱人
把手放在心的位置
回答我
春天为什么叫作春天呢

春 夜

古 马

眼睛沉溺于眼睛
嘴唇寻找着嘴唇
交换漩涡交换身体
河水涌流星光

柳丝蘸水
从灰尘中捧出雷
杏花
素处以默

春夜广大
河水浩荡
他们穿过针眼
旋转于群星和疯狂的石头当中

桃花将我一把扯进春天

汪剑钊

墙角，残雪清扫着最后的污迹。
在连翘与迎春花之间，我独自徘徊，
为植物学知识的匮乏而深感羞愧。
冲破海棠与樱花的围剿，桃花

将我一把扯进了春天……阳光下，
花瓣轻落，仿佛亲人相见时
滑出眼眶的泪滴……而附近的方竹
端坐如初，保持君子常绿的风度。

哦，这是来自《诗经》的植物，
也曾浸染一泓潭水倒映友情的佳话，
在历史的诋毁中闪烁香艳到朴素的美：
"桃之夭夭，灼灼其华。"

花径，拥挤的行人尚未数尽
蓁蓁的细叶，却比满地的脚印
更早进入衰老；而脚底的一粒尘埃
恢复记忆，想起了绚烂的前生……

临窗春雪

张清华

鹅毛与柳絮飞满了天空，在黄金一般的
朝日中。故乡的这个早晨，新春和煦的
阳光里，突现如故人，久违的至交、知己
春日迟迟，它没有落在夜黑如漆的深冬里
而是反转着，拧巴着，一如我年迈
且愈加任性的老父，守望着他窗前的暮冬
并未期望，这突如其来不由分说的降临
云忽地暗了下来，用漫天弥合的黑
置换人间地上的白。仿佛一个梦，霎时间
满地的田地、树木、房屋上覆满白雪
大地上的坟墓，和化为荒草的前朝春梦
终于如一幅古老的水墨，或一场无声的戏剧
盖满了这几世几劫的大荒……与轮回

春天里

林　莉

又是春天了。婆婆纳
挤满了田野。一只黑鸟飞出来
不久，又消隐在那丛茂盛的翠绿里
我好奇地看着它们
我几乎爱上了这里的每一种生物
黑鸟在啄食小浆果
婆婆纳，摇摆着哼着一首轻快的歌
就连它们落在阳光中的阴影
也涂上了一层清亮的釉色
田野，充满了生长的气味
不会再有痛苦或是伤心的事
要经历了
就连头顶上的乌云
也被风踢走了
我的心隐隐而动
现在，我着迷于这春天的明媚
婆婆纳开花，黑鸟脆鸣
自由而欢喜
大地温柔地接纳了我，包括生命中的缺陷

雨，滴在地上

高　兴

雨，滴在地上
成为两个脚印，神谕之果
仿佛毒汁和蜂蜜，同时渗透血液
彼此热爱，又相互折磨，提炼出粮食

那棵树，被酒浇灌，总在深夜暗长
挥一挥手，把天空当作了村庄
而那些叶子，像未完成的呼吸
总想要替代雪，飘舞着
融入光和根，向三月三的江南致敬

春天里，把自己打开

北　乔

春天，在一朵花里
看见的，只是与内心一样的颜色
阳光，飞翔或流连，那是阳光的事
露珠，不可以摘下，但可以搂进目光里
挂在眼角，记录下感动的空灵
云彩，以少女的笑容
掩藏那本可以高歌的心事
落在大地的影子，做着一个又一个梦

河水，带来了羞涩的脚步
我们忘记了河流的诗意
坐在小小的码头上，叫醒月光
燕子飞出不可思议的弧线
黑色，竟然如此优雅
有了春光，白天夜晚不再重要
就像拥有了一双翅膀
桥，从此孤独

指尖温热起来，连着心跳的节律
整个世界都在微微颤动

刚刚重生的树叶，悄悄地讲述一个寓言
树枝树干从不需要倾听，而
我们的耳朵，只是两片失聪的叶片
让言语回到文字，静静地躺在纸页上
书本可以合上，放入书柜
阅读石头上的光影，足够了

风，春天的风，就这样来了
没人知道春风到达的准确时间
长久的思念，已消失在身后
张开双臂，拥抱，只是一个动作
打开自己，才是蓄谋已久的冲动
远方，此刻就在眼前
那条漫长的路，不再需要终点
时光静止，钟表的摆动变得毫无意义

我们能被春天打开，也可能依然晕睡
能打开我们的，不是大自然的春天
没有春天之心，再鲜艳的房子
也是老屋，灵魂早已坍塌
我们需要的，只是春天这样的借口
这个躁动的季节，一片柔软
而教给我们的，是猛烈的撕扯
好吧，打开自己，打开身体里的春天

惊喜记

阿 信

喜鹊落在梨树枝头。
被一次次霜降浸染得几近透明、金黄的
梨树，它的每一片叶子，都可以在其上
刻写《楞伽阿跋多罗宝经》。

三棵晨光中的梨树。即使它的叶片上
还没有刻写下任何文字，我也愿意
在记忆中收藏它们。何况
五只长尾喜鹊正落在梨树枝头。

五个方向，五个时辰，还是
从父母身边逃走，尝试过整日整夜户外生活的
五个孩子？虽然我无法成为其中的一个
体验着幸福，但我看见了它们。

喜鹊会一一飞走。梨树的叶片
会因为它们的飞离，震颤不已。梨树，当它
金色的叶片在晨光中重归宁静，谁会相信
五只长尾喜鹊曾在那里留驻？

第三辑

万物竞发听雨眠

滴水快

剑　男

有一种鸟叫滴水快
清晨我陪大姐和外甥去地里间花生苗
它在山上的油茶林中叫，在
路旁矮灌丛叫，也在高高的枫杨上叫
声音短暂而急促，似乎
充满了焦虑
滴水如何快起来，又不使其成为水流
看样子鸟也有自己掌控不了的
节奏，矛和盾也一样
对立统一地存在于这些非人类生命中
昨天晚上淅沥下了半夜春雨
大姐说这种鸟音只有春天里才能听到
是催促农人在贵如油的春雨中
抢耕抢种
山间小路曲折泥泞
听到大姐的话，走在后面的我和外甥
都不由自主地加快了脚步

春天造句法

霍俊明

沉默的时候命运就近身了
于委顿中
你再一次独坐了春色

一只鸟
不知名的鸟
在茫茫的烟色里
有着翠绿色的羽衣

嫩红色的细脚
微微颤动
宋梅的黑梢
有人在东山
雨中山路太陡
一直没有任何人来去

你再一次模仿着古人
造句——
"闲来孤寂春色早，紫薇花栖绿鸟寒。"

立春后

苏历铭

立春后我要去南方的乡下
在村庄与村庄之间的农田里，撒落油菜花的种子
等待它们金色地开放
最好是起伏的坡地
它们可以一直延绵到天上

立春后我要去北方的乡下
在封冻的河流上，凿下一个个冰眼
等待河床的解冻
最好远方没有山峦
看冰在水中消融，看水流向天边

立春后我要脱去厚厚的毛衣
亲手洗净其间的灰尘
把它珍藏在衣柜的深处
我还要在阳台上留下最后的谷穗
在大地生长出植物之前
让流浪的鸟儿能够幸福地栖落

立春后我要回到自己的内心

倾听脉动的声音，生命的声音
我要学会做一个静物
守候于天地之间，而其中的万物
又和我没有关联

园丁颂

谷　禾

园丁从远方带来铁剪、
帆布、细木、钉子、电钻、
锤子、改锥，在街道的
纷乱里，为行道树，
护卫的树篱穿上寒衣。
春天他们亲手栽下了它，
在不可知的浪漫里，
给路过的行人带去阴凉。
那时候，花香是少不了的，
没人注意它来自哪儿，
太阳光把影子钉牢在地上，
园丁身上泥浆轰鸣，
绿荫生长，麻雀飞过头顶，
如流逝的时间的影子，
风雨中的道路变得模糊。
放学的孩子们排成队，
有时也纷乱如杂花生树，
他在心里祝福孩子们，
小心地为行道树和树篱
穿上寒衣——这久远的善

是否被一一记下了？
在园丁直起腰身之前，
你先停下了脚步。这发现
催促春天早一秒醒来。

当春天来时……

育　邦

当春天来时，我们走到春天的反面。

在我的私人国度。在我的花园。

没有阴影，欲望之树繁茂，如海。

那座小庙清凉自在，尚不为人知。

我的花朵，玫瑰的彗星，在暴戾中燃烧。

看不见的果实挂在无泪的天空中，果核坚硬。

我的幽灵，我生命中的第三条岸，独自留下，在春季的雪
　　夜里。

在海棠的花冠中低语。

预　感

黑　陶

你，还没有到来
初春
山野间一幢孤立的房子
听见了夜空中
群星
突然密集的心跳

春　游

雷晓宇

此时，春风浩荡
太阳登临诸峰，年长者
在高处召集族人。溪流下山
将盛典昭告四方。我亦随众人郊游
如你所见，大地确似这人世间苍茫
太虚之中，隐约有钟声自东南方来
我是辞乡远游之人，我将何去何从
上苍啊，唯愿我如长风和春日般
空明、温暖，既催生万物
也关照这寂寥的人间
以为坐在墙根照太阳的老人
——人世太辽阔，这些年
我已心生还乡之意

倒悬的春天

林秀美

锦簇的新绿
这满眼植物枝叶繁密　蓬勃向上
而窗外
这棵柳树
树枝倒悬　叶片倒悬
风中
摇摆它的与众不同

这大地上下垂的柳枝
用真诚而虚无的触觉
在更高处　或者
让悲悯和疼痛垂下
让灵魂
更明亮　更高远

春　夜

秦立彦

春夜的黑暗也是稀薄的，
一树树的花，
烧着红的火把、黄的火把，
把周围照彻。

整个世界都睡了，
只有花睁着灼灼的眼睛，
因为珍惜每一寸光阴，
因为经过了一年的等待，
才迎来这样的良辰。

咏叹调

毛 子

纽扣固定在一个地方，它一生
只穿一个眼。

群山一出生就苍老了，它也藉此
获得长生不老的葱茏。

一生太快啊，一天
又过于难捱。而亿万年前的一对昆虫
在琥珀中栩栩如生。
这也是我们想要的结果。

能落下那样一滴松脂多好啊
那样的关押，那样的退守
时间够不着，分离
也够不着……

开往春天的绿皮火车

邰　筐

火车在细雨里飞跑

火车低着头，弓着身子

火车像个顽皮的孩子

它飞快地旋转着无数个小轮子

它跑得太快了

累得偶尔喘几口粗气

发出几声叹息

火车啊火车

你想往哪开就往哪开吧

想跑多快就跑多快吧

世界那么大，远方那么远

你随便想在哪儿停下

就停下吧

你跑得再快，也逃不脱

无边细雨的网

我也是一样啊

随你走得再远，也逃不脱

尘世的网，我的心早已

破损成一个抽丝的茧子

走得越远，丝线扯得越长

扯得越乱，扯得越紧
扯出一种揪心的疼
疼得我嗷嗷叫，叫成一串
带着哭腔的柳笛

春雨之后

江　非

我已不再去
担心那些幼苗
我种下它们
给它们浇水
晨光中
它们发出的小小新芽
让我心生更多的梦想
人生中
是什么给我希望
傍晚时
我踩着田埂走进田野
初春的大地一望无际
一片荒凉
但谁都知道
直到这个星球的尽头
都有不屈的事物
在暗自活着，暗自生长

浅草上的蹄花

阿古拉泰

这是五月　天空还没有转过身来
但大地已经苏醒
一棵探头探脑的小草
嫩得让人心疼
一匹小马驹喷着响鼻
它还不知道春天的深浅
河水奔流　像小马驹的目光
探向云雾缭绕的远方
内心的风吹来　浅草上的蹄花
就开遍了整个草场
有一棵青草　紧紧地紧紧地
攥住了大地的脉搏

塔尔镇的春天

刘大伟

我不知道，除了互助林川
还会有第二个塔尔湾
孩子似的站在祁连山旁
缓缓铺开麦子的绿、天空的蓝

事实上，比麦子更绿的
是乡民们宽阔的心田
而比天空更蓝的，是一位志愿者
认真书写过的夙愿

从滨海到青海，他把两家人的豪情
揉为一家人的实诚。收发文件
整理档案，领辍学儿童回到校园
穿过小巷时，我分明听到
那些憨厚的乡民和初绽的花蕾
亲切的呼唤声

落花记

徐南鹏

一瓣桃花，从花萼端折断
不知是雨打的缘故，还是风吹的缘故

即将断开的时候，又停留片刻
似牵扯，似不甘
同时，桃枝抖了一下，伤离别

一瓣桃花，开始下落
还留着一点体温，留着唇边一抹红
花瓣落在地上，微微弹起，又落下

内心的爱怜，像玻璃碴，铺了一地
最终，和许多许多花瓣，躺在一起

但，并没有结束——

风，把花瓣吹着走
身子一会翻过来，一会覆过去

大地繁花

郁　葱

这个季节，青草和植物多了起来，
孩子们的声音多了起来，
鸟多了起来，色彩多了起来。
那么多的叶子，不停地晃动，
树是那种不染纤尘的纯粹的绿色，
今天，我的国度行云流水，湿润饱满。

曾经的年代高树悲雨，
劲风戾而吹帷，
长天日隐，月圆月缺，
岁月坍塌，历史凹陷。

而烟尘已起，不思归去，
黄钟毁弃，必有远行。
那一代人为了得到阳光，
挽起他周围的兄弟们启程，
这片土地有多远的路，
他们的脚印就一直铺了多远。
湘赣之畔，无尽烽火，
太行以远，再死再生。

最初点燃灯火的那些人，已经远去，
但山河仍在，阳光仍在，
岁月錾刻了那一代人的刚柔，
——柔付天地儿女，
刚予鬼魅酋敌，
气节如橼，微音似磬，
天经地纬，力擎大道，
不叹人生苦短，
亦恋山远水长。
那时山河悖乱，腥风血雨，
终不掩大地普照的一片阳光。

夜暗灯自暖，霞光拂青山。
此时，我们能够静下来，听阳光的叙述，
它让我们知道，千秋大业，
大业是江山，也是百姓；
它让我们知道，阳光照耀的每一棵草，
每一片叶子和每一块石头，
都是这片大地上的生灵和神灵。

万千血色，烟火时光，
看此时南北，流霞尽染，
九天之下，俱是一树繁花。

春天爬过果园

安 琪

春天爬过果园
全身心地，春天全身心地爬过果园
它热爱果园
果园也热爱它，花朵在果树里欢呼
花朵也期待春天爬过
它们努力地钻出果树。春天春天
快来爬过我，当你爬过我时
我就甜了

春　事

张作梗

春服既成。
我的爱人像越冬的树枝，
变得柔软起来。

蓄水池里的冰融了，水漫溢出来；
朝南的外壁上，
挂满了欢快的
小水流。

篱栅下淤积的阴影，
被一层透明的水汽惊吓，
像鸡雏一样一哄而散。
——竹园里，刺猬钻出厚厚的腐叶，
卷成一个皮球，
滚下坡坎。

"燕子不归春事晚"。①
——新麦蓬松；湖水低咻。

---

①　唐代戴叔伦《苏溪亭》中诗句。

136

我的爱人像一根柔软的枝条，
等着身上绽出
花瓣。

花　瓶

白小云

旗袍上繁密的蓝绿色花纹
从细长瓶颈盘旋延伸至脚跟
小圆肩下膨胀，春花盛开
黑底金边，大朵大朵血色狂乱
小脚稳稳站立，线条收起在下端
——那用来盛水的腹部

它不曾拥有一片花瓣
也没有养育过一株植物
腹部从未响起过水的哼鸣
美丽的容器，红嘴仰天
落着灰尘、空气和安静

画家画它的身体
肌肤如瓷，它就是瓷
摄影师摄它的曲线和繁花
它生就美丽，独自就是春天

她如此爱它，为它遍寻相匹者
它未曾有的，她也没有

迎春花

周占林

春天的惊雷
总会在我醒来时
撩开我怀春的情思
我用羞怯的朵朵淡黄
点缀被白雪覆盖的世界
那一丝丝不安的蠕动啊
让圣洁的期望
在每一个春天最早降临

我在春天醒来
打开这个季节沉重的大门
灿烂的阳光一泻而至
脚旁小草低低地呢喃
让这块板结的土地
开始松动
在这个过程中
我不会省略所有的细节

风啊，总是不愿卸去
寒冷的外套

用利刃般的语言
割开我将要绽放的明媚
我在缓缓的行走中
把一腔热血，化作
春的魂灵
撒向散发泥香的大地

春天，春天
有一种声音在向我召唤
我听到了
冬的骨骼被折得脆响
隔岸而观
杨柳依依，春燕翩翩
一幅美丽的工笔画
正在大自然的调色盘中飞溅

春　分

姚　辉

最高的雪　必须融化
——必须在此刻　迅速融化

必须给欲念般飘拂的柳　一种
接近翠绿的理由　必须让所谓幸福
领回它适当的暗影　必须
给雪下的根须　一次
最为艰难的悸动

必须在太阳背面　镌刻火焰之魂
让雪粒累积的缄默猝然塌陷
必须对神祇的震惊有所表示——
接受这样的震惊吧　必须让僵立的神
找到　自己仓促的步伐

必须将花朵与大鸟混为一谈
它们飞过了同一种苍茫　它们
是彼此互证的路径　是立在归宿地上的
两种爱憎　或钥匙

必须给冷暖划定严格的分野
谁将灵魂的冷暖归于骨肉？谁
弄乱了　整个天穹密布的痛与隐秘？

必须让泉水喊出雷霆的夙愿　土粒
业已粘满花影——必须在燕子归来前
准备好　种种不断交织的风雨

必须给童话一种生长的勇气
它们的枝叶即将撑开　必须在童话上
悬挂风的丝线……必须让
三月丢弃的脚印　重新铺满大地

在春天

泰不语

每天，她在一条僻静而结实的小路上来回
穿过一条马路、一条河、一轮新鲜的朝阳和落日
不用开口即感到心满意足

她耐心地听那些鸟语，听花朵打开，蝴蝶在蕊间振翅
听阳光泼洒，流水哗哗，骑自行车的孩子唱着歌儿远去
不用开口即感到心满意足

早春与少女

王夫刚

群山远黛近青，汲水的少女
伫立井台，任由早春的风吹乱心事
像一个受委屈的孩子
重新得到了母亲的理解
和爱抚，汲水的少女哭了……
天空有鸟飞过，阳光落在枝头
早春，我们最先看见
这样的风景，心底不禁泛起一种
江山未秀的爱和怜惜
这一年，久违的北方田野
依旧跑着放风筝的孩子
长长的目光一直飞到了云天之外
生活的摇篮不是爱的迷宫
青春之歌允许死于不加密的
备忘录：放风筝的孩子
修订着合理的想象和不合理的想象
早春，汲水的少女哭了
汲水的少女为什么哭了
群山远黛近青，不打算说出原因

立春日：未完成的思考

马泽平

我觉得自己就要苏醒了
在北京寂静的夜空
像一颗星宿，像弦月或者花朵
独自完成
闭合到打开的生命历程
再慢慢还原为那些被封印的细节
我比昨日更敏感一些
哪怕是笛声中，涌动的潮汐
也能引我沉入辽阔海域
——仿佛我的故国一直都在那里
风声和浪花
轻柔地托起海鸥羽翅
忧伤转瞬即逝
仿佛这天地之间，没有一件物什显得多余
但欢愉究竟源自哪里
我已经接受过生活千百次的
洗礼。为什么
鼓膜还听不到，青草划破岩壁的颤音

北京春天

杨碧薇

被严冬紧捂口鼻的婴儿，
终于犟过头，舒了一口气。
春天，从北京城的耳垂、指尖、腰，
从它初醒的脚踝上生出枝叶。
该青的青，该香的香；
该嫩的拉住风的衣带，任性地打秋千。
杨絮写下第一首自由的诗，
樱花把寺院红墙作镜子，
蘸上春光涂胭脂
——从车窗内往外看，
她一晃而过的侧影是一支
媚得惊心动魄的琴弓，
此刻我心口的弦恰好微微一颤。

多么久违：天空、福祉、尘世的匕首。
多么永恒：绚烂中的悲、深海里的静。
因为短暂，北京的春天才倍显珍贵：
这些魔幻的生长将魔幻地消失，
这些丰富的层次，会很快被削平。

野云心

漆宇勤

迟迟不开的桃花，恣意生长的桂芽
从天而降的坏脾气，都不自在

这么多不合时宜的人和物，熟知《涅槃经》
在久热骤寒的仲春四顾茫然

粗叶悬钩子卷曲的藤蔓嫩芽
剥皮后都有酸甜的春心

回到村里逢人便打听日常植物的姓氏
我熟悉它们，像邻居熟悉我
但我不知道它们进入族谱的正名

为气温混乱中所有受骗受伤的草木记好账
枕着缩回去的半句喑哑蛙鸣复印黑夜
我有野云心，在三月雨后的空山发芽

春 天

灯 灯

石头动了凡心，流水在玻璃上
有了情欲。我在春风中写下："好了伤疤忘了疼"
一株桃树，突然开口说话：我不销魂，谁来妩媚？
我笔墨未干，和流水论去向
那时，时光忽明忽暗，桃花变脸成梨花
在高高的屋顶，明月高悬
高悬的明月
像赐予人间的药丸

春天的四明山

颜梅玖

我们站在春天的山顶，向山坳眺望
在浓密的树丛间
是一大片一大片洁白的樱花
山林间静悄悄的
李树还在孕育
在甜美的空气里
洁白的樱花照亮了我们的心
它们像一群群云朵
有的飘落在山坳
有的独自停在最险峻的山峰
有的弯下腰身——
把花枝送向山涧
每一朵樱花都开成我们喜欢的样子
在料峭的三月
樱花更新了灰败的人间
我想起几年前的一天
我们也去看樱花
那时候樱花正在飘落
像多年前下过的一场雪
有些落在我身上，有些落在你身上

风恰好从我们中间穿过
我们都闻到了美好的香气

杏 树

冯　娜

每一株杏树体内都点着一盏灯
故人们，在春天饮酒
他们说起前年的太阳
实木打制出另一把躺椅，我睡着了——
杏花开的时候，我知道自己还拥有一把火柴
每擦亮一根，他们就忘记我的年纪

酒酣耳热，有人念出属于我的一句诗
杏树也曾年轻，热爱蜜汁和刀锋
故人，我的袜子都走湿了
我怎么能甄别，哪一些枝丫可以砍下、烤火

我跟随杏树，学习扦插的技艺
慢慢在胸腔里点火
我的故人哪，请代我饮下多余的雨水吧
只要杏树还在风中发芽，我
一个被岁月恩宠的诗人，就不会放弃抒情

西岭街

林　珊

那些摇曳的油菜花，多么明亮啊
多像一个人，顶着空谷的落日，在云朵下
奔跑。那些樱桃树上的花瓣，就要落尽了
白茫茫的一片，垂向肃然的泥土
寻求更好更久的归宿
春风浩荡啊，青草陌陌
人世在此时，已不值一提
当我来到春天的西岭街
有的落花已成为流水的一部分
有的故乡已成为回忆的一部分
当我低着头，路过山峦、村庄、湖泊
和几株长满嫩叶子的老柳树
走向更深更绿的田野
我们爱过的人
已消失在更远的远处

渔歌子

敬丹樱

流水还是选择了骂名
留给桃花猜不透的背影和饮不尽的恨意
鳜鱼瘦了
鳜鱼肥了
鳜鱼不识愁滋味
只因爱不够这铺天盖地的绿,白鹭舍不得
合拢翅膀
山前山后,扑棱棱地飞

开　花

唐　果

是我自己决定要张开的
和风无关
和季节更是没有联系
不过刚好在春天
我才有了张开的心情

花骨朵像一个人的手
握久了会疼
便想着张开
慢慢地
慢慢地张开
张开的我
舒服极了

等待桃花

夏　露

我不知道在春风抵达之前
这些桃树是否会反省
去年有哪些花开得不够好
甚至开错了地方
又是否想好了
今年的修订计划

我只想安慰它们：
一朵桃花是否能绽放
绽放的姿态如何
并不完全取决于桃树
它分明是
阳光、雨水和桃树合作的项目
如果还有园林工人插手
结果会更加意外

对于我这样的观众
只要桃花盛开
便清楚春天到来
便会感到无数的希望

像去年一样涌来

绝不计较它盛开的姿态

邻家槐花香

杨清茨

暗香，无论如何都
透过了纱帘
邻家的槐花下着一场
纷飞的春雪
姑娘骑在墙头
用竹竿
勾一串串
四月的繁华风流
暮光优雅，以玉足轻轻晃悠
在青墙黛瓦
捧一首新诗
美好的颂扬如此明显
来不及嚼一口暮春的清香甘醇
这张着双翅的雪蝶
早已
打开故友的叩门声声
在芳菲离开前

第四辑

草树知春不久归

小鹅花

陈巨飞

如果感到幸福
就种一畦小鹅花
这么小的鹅
只能让这么小的女儿去放
她迈着蹒跚的步子
朗诵一首儿歌
她是小鹅花中最洁白的一朵
是骄傲的小天鹅
她对着蒲公英"噗"地吹一下
四散开来的幸福
追随着她

光草闲谈

王子瓜

像绿色的绸缎，一方面是
因为它美——早春，路旁紧缩着
脉管的樱花树，四周是饥饿的灰色，
风摸起来就像冰凉的石头。
而它铺在阳光下，无中生有一般
这新的、玩着露水的幼年。在
过去的一个早晨，
也有这样的绿色套上我的脖颈，
空气伏在一支进行曲硕大的调子下，
将新一轮尘土扬在围墙角落
兰花草细长的茎叶上。红旗在
我们中间，多像一朵高高伸起的鲜花。
但它不是我那种劣质的布料，这是
另一方面——因为它精心的剪裁，
平整的石径像是既好看
又藏住了几根线头的花边，
每年两次，割草机熨斗般烫过。
应该为它放上一个篮子、三四个好朋友，
谈论天气、新旧年；要有
一队棕蚂蚁来回搬运三明治细小的碎屑，

从草叶的缝隙，从那印着配料表、
生产日期的塑料褶皱里；
在远处熟练或是生涩，但都
那么清晰的吉他声中，一顶帐篷附近，
金发的留学生在日光浴，飞过的
鸟儿，都像是洁白的鸽子。
现在你再坐会儿吧，这长椅多么好，
它光亮的木头和铁，在上空未成形的
气旋的凝视下，草坪中心，
四桨无人机像过去的日子安稳得荒谬，
操纵它的新生已换了许多届。
吉他的旋律怎么样？我该回去了，
这些年我越来越厌烦，越来越浑浊的
涛声淹没了动人的音乐。
我听见上海滩的堤坝
锤击着太平洋，我渴望像战火燎黑了
羽毛的鸽子，从云间捎来另一国度的消息。

献 诗

——给自己

江一苇

爱上花儿，是因为它终将枯萎，
爱上果实，是因为它上面的虫洞，
爱上春天，是因为它在严寒中苏醒，
爱上远方，是因为自己的故步自封

人生苦短，我的爱和你们不同，
有时，我甚至会爱上自己，
因为失败，因为曾付出的艰辛。
这艰辛必然是无人知晓的，
因此，在人间
我必须要给自己最大的同情。

奢　侈

熊　曼

当一大片田野被安置在窗外
整个春天我得以偶然地
参与它的生长
目睹它一点点
从荒芜到美好的样子
从点到面，从面到片，从片到无穷尽
我说的是野花
它们如油画一般鲜艳
如历史一般悠久
我感受到一只手
在暗中指挥调配着它们
但我看不到它
因为不甘心
整个春天
我更加目不转睛地看着窗外
不愿意错过一丁点变化和声响
有时我也走进去
在它们中间坐下来

二月·雨

李松山

细雨落在鸟鸣里——
弹奏树冠灰色的琴键。

你躺在床上，像一枚果核
躺在松软的泥土里。

果核有着坚硬的外壳，和
内心汹涌的波澜。它渴望光，
渴望晨露的爱抚。

像此刻的你，生根，
悄悄地开花。

即将到来的春天

一 度

夜色按响了生活的暂停键

岩羊走向冰冷的洞穴

群山在黑暗里抱紧自己

鸟群飞到废弃的烟囱里

翅膀扑棱的回声，沾着泥土的嗓音

矮树林宛如划着木筏

钟楼的梦里，树叶是

一个个醒来的人，穿着烈日

金黄的衣裳

洞口石壁，挂着冰冷的水珠

一种寂静，催促漫长命运的夜晚

春日雨后

陈小虾

蘑菇是大地送给穷人的小伞
我和姐姐光着脚丫
轻轻放进竹篮
竹林里，母亲笑盈盈，跟着父亲
父亲的锄头能听见
春笋破土的声音
炊烟升起的地方
祖母推动石磨
用葫芦盛出白白的米浆
雨后的阳光金丝一样
厅堂上，祖宗的牌位高高坐着
目光所及的地方
刚刚插了秧

春天把我们吹出声来

苏笑嫣

整个冬天　我们与植物一同沉寂
稍后春天就把我们吹出声来
三月　三只燕子　引领三轮日光
光线开放：一座玫瑰花园

空气潮湿　泥土芬芳
寂静是青绿的　凝眸是湛蓝的
你的睫毛抖动如一只蝴蝶
细小的幼苗　开始酝酿绿色的苦味

这初始的细微与青涩　就像我爱你
当明澈的光流散在你指间
我渴望以玫瑰与黄昏的语言对你倾诉
那些我难以诉诸字句的话语

而你的声音是星星下清澈的水
是春之流光中惊醒的万物的搏动
明亮在你眼睛更深的地方
简单如静水与阴影的寂静

这时间就像永不　又像永远
所有的浑浊嘈杂都隔离于此间
我们的灵魂清透明绿　飘荡如风
在世界的窗明几净之间

赞美诗

康　雪

是的，我过得还好
只有过得还好的人
才会在路上停下，细看几株
寻常的野花
花褶上的水珠
每一颗，都有雨过天晴的
闪烁
是的，我竟然还有余力
没来由地欢喜
只有过得还好的人
才能带着一双本来苦着的眼睛
把这个世界越看越甜

我们的爱如此辽阔

年微漾

火车拖着长长的孤独

深夜中的你来自远方。一盏指示灯

放牧着一道山脉的春雨

整个华东平原

因我们的爱情，而热泪盈眶！

妹妹！妹妹！

我们的祖国就是我们的未来！

我必将你的生物钟

挂满墙上

与你一同起床，一同吃饭，一同洗碗

我必对你说声晚安

每当夜幕低垂，月亮又大又圆

看护这多梦的人间

花　期

吴小虫

四月里发生的事
先是，池塘里莲叶初成
某天早上，去晾晒衣服
高高的树下，鸣蝉
开始了一生的吟唱
之后又听到布谷
散布好消息的俊美角色
谷子就要从大地长出来

而门前玉兰，朝着阳光的
大朵大朵，先期开放有三
风中摇曳，雨中静垂
无须问其他花何时
同是一棵树上，组成了
静静站立的黄昏

窗外传来南音

王家铭

南琵琶横抱。山色写入蓝靛,
晨光中的讲习所,少女滚烫的
脉搏。芹菜叶子,东市场曾是
它的家,蔫在青瓷色阳台。
"有心到泉州",她为你弹起
清凉的梅花操,成为剧团里
分神的那一个。下山时竹林
正把杨梅山笼在一片欣喜中,
而春祭的唱词把小黑羊引到
溪边,消失了淡影。藤与门,
一把茼蒿,红菜团子,三五斤
蹄骨,萝卜糕与海蛎煎。洞箫
声里跕脚看谁做表率,俗务中
挣出来,彩色,解构,骚动的,
看她如何在蒲席上为你设考验。

三月之诗

江　汀

在村庄的最西边，
篱笆影影绰绰，
像是被谁点染在那里，
用他的毛笔。

三月的夜晚我背着书籍
回到自己的房间，
我迅速地躺下，
仿佛那是必须做的事。

我父亲的年龄是墨水，
在黑夜里——影影绰绰地——浮起，
在入睡前被辨认。

让学者们恍然大悟。
让水从河床上流过，
让夏天来临。

春　夜

李啸洋

黄昏，细软的柳枝伸至窗外
云翳染上福寿的颜色
鸟离开居地，将一天的句号
拉长。身体被梦包围
借一场雨，赤脚还乡的人
挂满声音的银镯
春夜，冷冷的黑句子泼向我
蓝钟花追逐月亮
山涛隐于鸟翅
断断续续的梦唤醒故乡

愿　景

徐　晓

我要持着火炬跃入翻涌的云层
我要把一生种植的浆果
抛向简陋的屋顶，它们火红如焰
无辜得像一条沉睡的河流
我要将暗夜里不眠的倦容
——抚平
我要替你忍受明日的病痛
快乐对我不值一提
我要以闪电之躯
吞噬你铁一样的意志
我手中握有星光，肩上披挂彩霞
我要斟满你的酒杯
喂你喝下半条银河
我要攀上高山之巅，向你展示我的心跳
我要把勇气、天真和希望
通通献给未来
我愿吞下世间一切污秽与邪恶
来交换你沉默的一瞥
我愿你醉后回到梦中
重温幼时欢畅的早晨
而我将长久地歇息，除此再无愿望

燕子陪你

谈 骁

樱花开一周就谢了，不是春天；
竹笋露头就被挖去，不是春天；
麦子出穗了，穗藏在叶子里，不是春天。
直到燕子回来，选中你的屋檐，
你才敢相信春天真的来了。
两只燕子，不知疲倦的燕子，
一只衔着泥土，一只衔着稻草，
它们要在此筑巢，生养一窝小燕子，
陪你度过这个春天、夏天和秋天。

春风是软的

夏　午

春风是软的，我也是
迎春有迎春的姿势，我有我的

江湖鸟语花香，那又怎样
我会唱小夜曲，哄儿子

外祖母有一副老花镜
我认为她不写诗却是真正的老知识分子

乖乖！你也有细细弱弱的骨头
你九岁，跟在我身后

日出而作没什么了不起
我也可以，抱着酒壶晃到天黑

那些黄色的花朵

李　壮

那些黄色的花朵
那些嫩绿的长脖颈上
一串串复数的额头

它们怀抱着各自的思想
它们怀抱着各自的蜜蜂
——当我被关在门外的时候

哪儿？到哪儿去找
它们在岁月里藏好的油
又到哪儿去找它们
悄悄藏好的早春天气
那些黄色的花朵在风中向我摇头
它们全然无视我的甜言蜜语
它们一个字儿都不肯说

二 月

琼瑛卓玛

请允许我把青冈木移栽，
连同鲁朗层峦叠嶂的绿。

如果要贴邮票，请选羊群啃过的那朵，
把少了两瓣的尘世
放回书架上。轻点！
第一排、第三行
——黑颈鹤在哭泣

她的深处被灰色颗粒覆盖，
未发现马匹踏过的痕迹。

某日，携带雨水一起到来。
推门而至时，
才与我有了微妙的关系。

春夜听雨兼怀

亮　子

每次走进雨中，最喜在春夜之晚
看到灯火分外通明，刚好有一身细雨从桥上走过
我的眼眸里充满水洼处的光亮
整座小城藏在这雨的鲜活中
我愿意跟随这雨水，在低处观看人间

这雨水从来不用脚步发声
她临窗而居，借风露宿
斜织万里
这雨水很难听得清
只有像我一样趴在她的胸口
故乡的地面上才能看得清潮湿

每次看见春雨如潮
我们就像雨水一样大步在人间奔袭

想起某人

叶燕兰

我猜布谷鸟一定也喜欢
三月的雨
它们藏起声音，躲进香樟
或芒果树枝叶间的阴影
是陷得太深
而能够直接说出的太少
像心绪起伏、淡粉冷静的月季
有时怔在窗前或
檐下听雨

雨经常淅淅沥沥地落下来
偶尔，哗啦哗啦地
落下来
那些树的叶子、花的花瓣……
会在一个人的凝视下
发出湿润的反光
我因此猜测，在所有看不见的幽暗中
也许都亮着一盏自洽
而轻易不示于人的灯盏

我还猜想，只要我跟布谷鸟愿意
我们就可以适时地
沉默到底
摸到那个干燥的开关——
让南方的雨下得跟
北方的雪一样，茫然、深情而无用

春天的手指

范丹花

像一株植物在冬天等待
春天的手指
将思想的赘生之物剔除
它还有足够多的耐心去成为
一个底色斑斓的人
待到春风一吹，所有叶子
就会重新歌唱
这多么让人欣慰啊
每当这个时候，我就想给你
一粒种子
即使，一不小心成为潮湿者
浸润的对象
也还要用植物的属性秉持初心
还要做好准备
在下一个春天生根，发芽

鸡　鸣

董洪良

一声鸡鸣不算什么
那一群群鸡鸣呢？在泸县嘉明镇
在我姐姐家新建的种养场里
它们一起打鸣，一起高歌
一瞬，便迎来了大地欢快
和不同于以往春天的回响——
它们一声声高亢的啼鸣
像为村口那些公路上的装运车
接风，洗尘，而后又风风
火火地装卸，迎风出发
此刻，这乡村振兴的细小一幕
像晨曦之光，定格在了那里

你看春天

康承佳

喜欢你干净的笑
有早春山头青翠的样子
蝴蝶效应柳暗花明芳草萋萋
都装进了你的眼睛
还有，玫瑰带刺的部分

我们在三月里遇见。从此
人间都是春天
风，一寸寸地复述
茅草的摇曳，蚂蚁搬家
都足以撑起一片山峦

阳光落下来的时候
万物可爱
你看浩浩荡荡的油菜花啊
细细地碎，天空
认真地蓝
我们也认真地喜欢
好多年

春水谣

阿　雅

从内部，也从寒冷的深处
醒来，春天的水流是阳光的手指
拂过枯草的声音，是沸腾
是一朵花头顶大雪
是一只鸟追逐另一只鸟
是迷途的人忽然发现了错误的出处

蓝的、白的、粉的击打
散在起落的瞬间
桃花、梨花，由南向北
呼啸着，盛开在情人的眼睛里

春天，万物都被光线染蓝
都有了恋爱的想法
田野和天空一次次被雨水淋湿
许多旧我被否定和抛弃
许多新我，在文字的
海水里，又一次醒了过来

那些浩荡的、浪花飞溅的流淌

是微笑和泪水，是残缺的
美的交响，在冰雪消融时
再一次说出的挽留："人间值得"

立春日

鲁　娟

一定有些什么在融化
某时辰，某一分，某一秒
空气中飘散出
微微甜，微微醉
微微妙不可言

我惭愧几乎察觉不到
那些微微甜，微微醉
微微妙不可言
仅仅随女儿欢叫奔跑

她兴奋不已，像只小鹿冲进地铁
我吃惊于拥挤人群里
许多麻木不仁的面孔
他们竟然失去为孩子们让座的柔软

一定有些什么在开导我
某时辰，某一分，某一秒
我忽然领悟这一天幸福备至
我的母亲和我，还有我的女儿

一路欢叫奔跑

这一天多么平凡，但很重要
当我小跑追逐女儿
又回过头等等母亲时
人头攒动中
仿佛我向谁投去一口
微微甜，微微醉
微微妙不可言的野蜂蜜

春夜歌声

刘　娜

春天并未进入我紧闭的窗帘
但他们的歌声畅通无阻
那辆车从我窗前经过
几句徒劳的叫卖烟灰般掉落
小城吉卜赛人放起绵绵情歌
男中音和女高音间或应和
中音鼓胀黑夜，高音再把它刺破
直到，嘶哑卡顿如喇叭缺电

那是众多候鸟中的两只，小货车承载全部家当
装着各地收来的水果四处游荡
（游荡的还有我的乡人，运着各种中药材）
现在候鸟们来到中国南方的这座小城
把最甜蜜（据他们所说）的那些运进我们生活
许多个黄昏，我曾带回这些流浪的柚子和猕猴桃
此刻，我是窗帘后最真诚的听众

歌声渐渐渺茫，如人鱼消失在海平面
却又久久停在我的窗前
第一次感到无限宽慰

感谢生活让这些漂泊的人
为我送来春夜的歌声
但愿我的乡人也可以
在异乡的一扇窗前，自由歌唱

喜悦的时辰

梁书正

一个上午，我们终于到达了高处，欢呼的小女儿
把古塔说成民房、青草说成庄稼、牛羊说成玩伴
她指指点点，万物在她的掌心，都有了别样的称谓

在我们周围，青草怡然，野花绚烂
远山悠悠白云，闲在眼前，齐在腰间

春夜思

程继龙

一半花香，一半月光
我这样坐起时，后半夜还没有来临
墙上的树影有足够的心境
慢慢，慢慢摇动下去

你从来就没有去远方
只是把留在北方、留在冬日的身体
一点一点拉回春天，它太贪恋
如画的鸟语、玲珑的雪意

你看这静谧、这风月永远
灌满世界，梦的水膜胀破
噎在喉咙的渴望。这是最后的故事
最后的地方，你不能再逃亡

世上的我

葭苇

没有人离我像你那样远，
当春天轻燃的暖意抵达高原。
你所在的此地，并不因距离
而被归为北方。我是说，
某一刻，所有出场
而安静下来的羊群，
使得一切可涉：哈兰、云眼、
情人的哗变。情人的手
再柔软一些，云中就诞生
另一只羔羊。春天的聘礼下达前，
桃树已结出恬然的新娘，不及满山，
但也不会有人笑话她生得瘦。

春日宴

艾诺依

想到春天
就想到了枝头翘起的嫩芽
想到了暖阳落在花瓣的侧面
想到四月第一场雨
浸润着千年古树

每一个春日似乎紧密相连
浣纱江边、苎萝山下
走过弄堂，或在青石板上驻足
总可以听到曾经的回音

每一个春日似乎有所不同
细小纤弱的茶叶看起来
那样的无足轻重
却又是妙不可言

缓慢生长的香榧林结着千年的果子
相伴而生的茶叶静心渡着红尘
沉于紫砂壶底的舒展，便完成一生的使命
清香馥郁，于心中渐次弥漫

浮沉之间，打开记忆的窗
有一些古旧、一些单薄
春日的盛宴如此浩荡
今生擦肩而过的壶与茶，重归岁月

春天足够慷慨

马文秀

风灿烂了春
长城内外拔地而起的美
恣意而张扬

沿着山势继续往上走
麻雀在草木间跳动，提炼
春的气韵

风卷裹着鸟鸣奔腾
让春的词典拥有更多生命力
去思考世间万物的缘由

花朵澎湃，互相追赶
春天柔和的部分，被登长城的人
珍藏于心

她们说春天足够慷慨
让鸟鸣、花朵、绿叶丰盈空白的日子
让潜藏心底的希望，近在咫尺

整个春天

赵　琼

这个春天，时不时
就会有一只鸟
飞过我的头顶，落在
比我头顶更高的山巅

这个春天，时不时
就会有一只猫，穿过一排栅栏
钻进另一座，更加幽深的小院

这个春天，一朵又一朵花
被风吹着
一层一层，绽放自己所有的花瓣

这个春天，有一把轮椅
"吱呀，吱呀"，不止一次
被推过我的身边

整个春天，我无所事事
时不时，就用垂着的双手，去揣摩
一段心事的痛点

整个春天，春风

不厌其烦，以水的形式

将我布满沟壑的脸颊

一次一次吹干，又一次一次

填满……

早 春

方文娟

想给你写信
说你好，玉兰花开了
又落了些

那株紫叶李要是还在
一场雨过后，枝头定会缀满
小小的祖母绿

鸟鸣，不时从窗外漏进来
阳光下眯着眼
一条甬道，望不到尽头

河水像你年轻时的样子
有人轻轻吹起了口哨

哨所春意

王方方

罗布泊的雄鹰，庇护戈壁苍茫
孔雀河的水从丰沛流向干涸
博斯腾湖依偎着天山
开都河桥一次又一次，在梦中闪现
他与她都记不清，多久未见
照片中的记忆已成碎片
没有信号的手机，从等待、忐忑
持续到激动、焦灼
家属探亲的临时住房，从冷清到热闹
又恢复冷清，莲花盛开了
一场雪引着她，到来
如同一曲水墨江南
苏醒了，边疆的春天

春 天

应文浩

我决定同意你
从我的双手里抽出新芽
就在刚才
我吃了蘑菇炒芹菜
喝了青菜汤

像所有的一样
没有悲伤，不期回报
它们是它们自己的
是你的、我的、他的

山、水、空气，你好
星星、人、神，你好
这样，我可以爱你们
像你们爱我一样

春风又绿

纪开芹

春用柳枝向我招手
我去往那里，去亲近她
向着波光粼粼的水面和一片柔和的田野
我去找春
那是年轻，是希望，是动力
春天的血液，流动的激情
在发光，在闪耀

我触碰到她的四肢
看到她的眉眼
现在，身体已经发芽
我就是春天开满鲜花的小径
顺着血管蜿蜒
我被春风吹遍，呼吸带着绿意

从来没有这样辽阔
我的眼睑仿佛着盛装出席会议
落在里面的全是庄严、活泼、热烈的事物
澎湃的合奏
我将领取，珍藏

喝下春雨酿制的美酒

一杯中，晃动着万物蓬勃的影子

野芹菜花绕着寨子开了一圈

阿炉·芦根

春天来了，这令寨子里的女人们
措手不及地惊喜！
用什么迎接春天呀？
她们问丈夫，丈夫只是笑笑
问村主任，村主任只是笑笑
问青瓦白砖，青瓦白砖只是
挺高了宽敞的楼层
她们问孩子，孩子们笑着跑散了
一个也抓不住，抓住又溜掉
她们绕着寨子追着喊着
百褶裙划出长长的彩色光带……
喊呀喊，声音转化成了歌声
追呀追，身子现出了舞姿
野芹菜花绕着寨子开了一圈
蜜蜂绕着寨子涂了一圈蜜

立春日

赵之遥

大公鸡连续叫了三遍
山乡，就醒了
隔壁农产品交易市场，传来买卖声

才拉开门，阳光就给了我一个熊抱
早春的热情，令人睁不开眼

对面山上，雾还在山腰上辗转缠绵
太阳第一个，登上了山巅

山坡上，豌豆花率先开了
白皑皑一片
仿佛那场亘古的雪，一直没有走远

依稀看得见些人，正
迎着依然寒冷的风，走向自家的农田

最前面那个，我看清了
是小丫口新村
房子盖得最好的那家人

春笋记

徐琳婕

向着一轮明月奔赴，车子行驶在
干净透亮的月亮边缘，安静而松弛
竹海、茶园、青瓦白墙，构成乡间
青白澄澈的底色。理想在村庄
自然生长，带着诗意与使命
我们手握铁锹，握紧进入春天的票据
在竹林里寻找冒尖的春笋
当地人授以挖笋的秘方——
对准根部，利用惯性使劲撬动
可以顺利解锁春天设置的栅栏
而我们的味蕾很快就被围困在
它们做成的十二道菜肴之中
每一片春笋，在经过唇齿时都忍不住
发出爽脆鲜嫩的尖叫。与月亮酿
我们的春色一同哗啦作响
三月，青笋饮酒，夜赏桃花
在季节的秩序里，我们重温春天的美好

汗腾格里峰的春天

薛　菲

汗腾格里峰的身体里有一匹白色的动物
当春天来临
一只白狐在百花深处

睡愈来愈白的觉

可以醒来的季节
很多时候遍体洁白、寒冷、一动不动的雕塑
是大地的一种需要

那些无需语言描写的灵动、轻盈
像一粒雪的影子
在去往汗腾格里峰的路上

像一粒隐去春天的雪花